Título original: Het leven uit een dag
Copyright © 1988 by A. F. Th. van der Heijden
First published in 1988 by Em. Querido's Uitgeverij, Amsterdam

Edição: Felipe Damorim e Leonardo Garzaro
Assistente Editorial: Leticia Rodrigues
Tradução: Daniel Dago
Imagem interna: Daniele Levis Pelusi na Unsplash
Arte: Vinicius Oliveira e Silvia Andrade
Revisão: Miriam Abões e Lígia Garzaro
Preparação: Ana Helena Oliveira

Conselho Editorial:
Felipe Damorim, Leonardo Garzaro, Lígia Garzaro,
Vinícius Oliveira e Ana Helena Oliveira.

Dados Internacionais de Catalogação na Publicação (CIP)
(Câmara Brasileira do Livro, SP, Brasil)

H465

Heijden, A. F. TH. van der
 A vida em um dia / A. F. TH. van der Heijden; Tradução de Daniel Dago. – Santo André - SP: Rua do Sabão, 2024.

 272 p.; 14 X 21 cm

 ISBN 978-65-86460-99-5

 1. Literatura holandesa. I. Heijden, A. F. TH. van der. II. Dago, Daniel (Tradução). III. Título.

CDD 839.3

Índice para catálogo sistemático
I. Literatura holandesa
Elaborada por Bibliotecária Janaina Ramos – CRB-8/9166

[2024] Todos os direitos desta edição reservados à:
Editora Rua do Sabão
Rua da Fonte, 275 sala 62B - 09040-270 - Santo André, SP.

www.editoraruadosabao.com.br
facebook.com/editoraruadosabao
instagram.com/editoraruadosabao
twitter.com/edit_ruadosabao
youtube.com/editoraruadosabao
pinterest.com/editorarua
tiktok.com/@editoraruadosabao

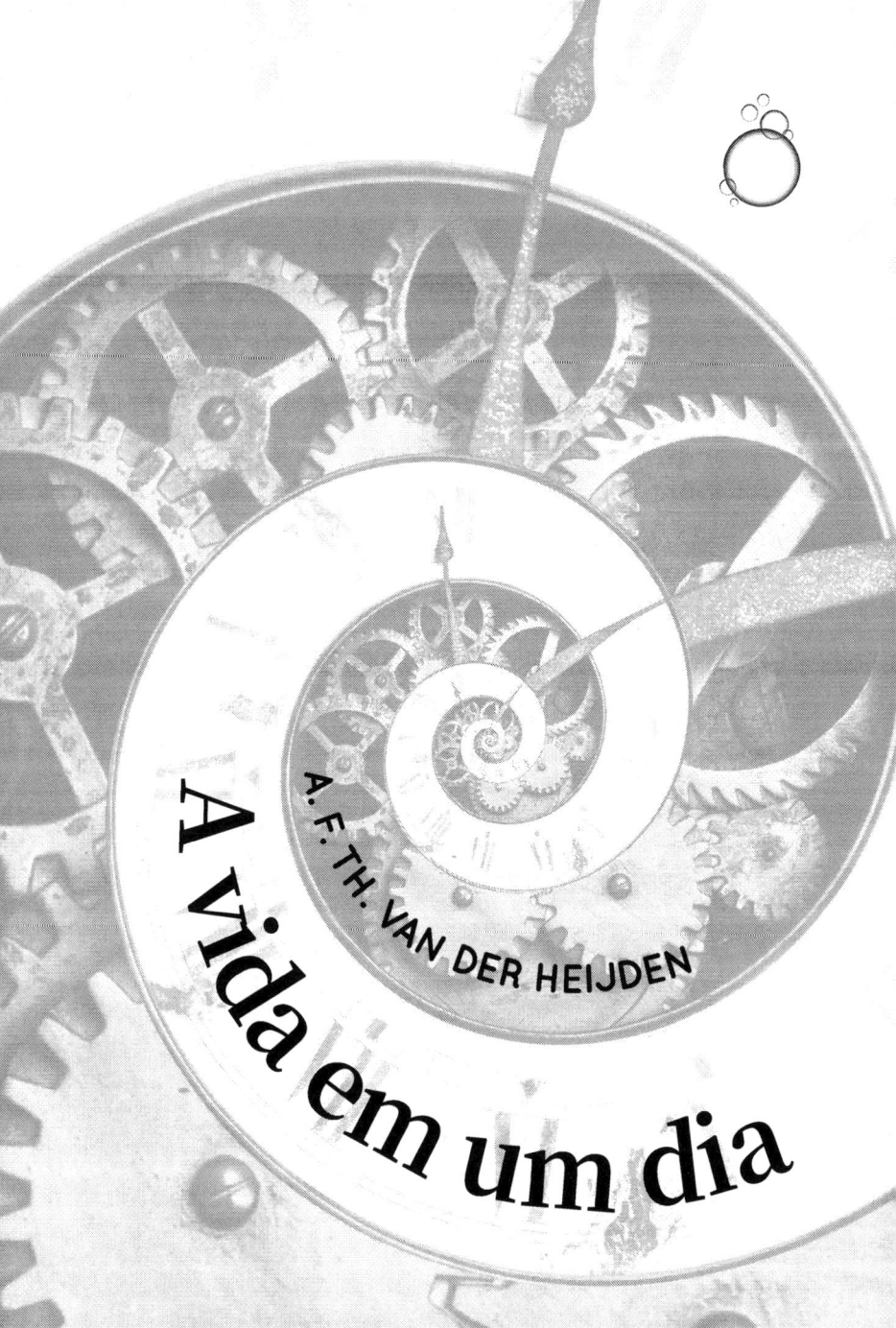

A. F. TH. VAN DER HEIJDEN

A vida em um dia

Traduzido do holandês por Daniel Dago

Para Minchen, para Totó.

L'enfer c'est la répetition.
— Anotação a partir de uma entrevista televisiva com Eugène Ionesco.

A roda das maravilhas

O velho usava óculos escuros, mas não era cego. "Vejo um grande amor no futuro desse seu filho, sabe?", ele disse. "Não, sério, sem brincadeira. Um amor tão inevitável quanto... quanto o encontro de trovões e relâmpagos durante uma tempestade. Claro que esse glutão seria o trovão. Sua amada seria a luz."

Ele colocara os óculos sem necessidade, apenas por diversão: estava um pouco menos escuro do lado de fora do que o costume, e dois abajures de mesa emitiam uma luz que era tudo, menos brilhante. O velho teve que se abaixar muito para ver o bebê através dos óculos, mas podia ser que estivesse olhando principalmente para o seio.

"Sim, agora a senhora está rindo docemente. E está pensando: vou deixar o velho tagarelar. Mas não estou falando bobagem. Não é apenas uma metáfora. Veja bem, embora estejam separados, durante toda a eternidade, esses dois aproximaram-se de horizontes diferentes. Como vou dizer? São duas manifestações do mesmo mistério, mas ainda se procuram. Para manter a forma, digo. Por meio da dança do acasalamento."

A mulher na poltrona olhou para a criança mamando, que fazia todos os tipos de ruídos guturais. Seus dedos indicador e médio estavam em um V apertado ao redor do mamilo. Às vezes, as protuberâncias na pele brilhante mostravam que ela apertava um pouco mais. O bebê, de olhos ainda bem fechados, já sugava menos vigorosamente do que no início.

"Ele ainda não quer saber disso", o velho disse, "mas em um momento de descuido seu grande amor estará no horizonte. Tão translúcido, imagine que só são visíveis as veias por onde corre seu sangue dourado — não nos conformamos com menos —, e muito brevemente. Desde que não haja conexão, não há com o que se preocupar. Em resumo, ela o atrai com pura luz. E ele... ele a chama. O que estou dizendo? Ele ruge de desejo, rente ao chão. Ei, Willy... Willy! Você ainda não encontrou o negócio, desgraçado?"

Estas últimas palavras foram dirigidas num tom de latido repentino para um canto da sala, onde uma porta do porão estava aberta.

"Nós vamos chegar atrasados, homem. O sol não te espera para nascer, senhor tartaruga."

"Calma, calma", falou uma voz cansada das profundezas do porão. "*Deve* estar aqui em algum lugar. Juro." Gavetas se abriram e fecharam. "E não aborreça minha filha e meu neto com sua conversa inútil. Eu ouvi sua balbúrdia, falastrão."

"Acho que esse homem só murmura coisas ininteligíveis. Como eu disse: o menino responderá a sua amada. Rugirá de modo que a terra estremecerá. Toda vez que ela aparecer, terminará suas palavras um pouco mais rápido. Ele vai correr atrás dela, por assim dizer, e não vai demorar muito para alcançá-la. E ela vai facilitar as coisas para ele, aparecendo com mais frequência. Um pouco ali, um pouco aqui. Em todo o seu capricho. Um pouco nervosa. Eles vão se aproximar cada vez mais. Mas agora vem o melhor..."

O outro, Willy, saiu do porão com óculos de sol antiquados na mão. Tinha uma armação de tartaruga.

"Não escute, querida", ele soprou a poeira dos óculos e tossiu, "as tolices mentirosas do velho. Eu o ouvi contar diversas vezes essa mesma história na noite passada. Para quem quisesse ouvir. É sempre a mesma toada".

A mãe sorriu.

"Não, não, escute, esta é especial. Porque eles não querem crer que já têm um ao outro... que são dois lados do mesmo fenômeno... amor... eles dizem a si mesmos e um ao outro que só podem se tornar um só, literalmente, se apaixonando. Por exemplo, agarrando-se simultaneamente em algum cume de paisagem. Uma torre de igreja. Um palheiro. Não importa. Para se fundirem completamente, cumprirem com essa ideia, eles terão que destruir outra coisa em seu caminho. É assim que se encontrarão, ele e ela, em uma árvore."

"Gostei", o velho Willy falou, limpando com as mangas as lentes dos óculos de sol.

"Olha o que vai acontecer. Ele a carregará como se fosse sua espada, rugindo como um leão, naquela árvore saudável, que se abre até as raízes. Gemendo, gemendo como só madeira viva, rica em seiva, sabe gemer e gemer... É isso o que o amor faz."

"Mais vale que pense com o coração, velho oráculo."

De fato, o discurso parecia tê-lo comovido bastante, pois de repente ele parecia cinza, e suas bochechas viraram para dentro. Ele continuou com menos bravura: "Presos nessa bifurcação... ali embaixo, entre a madeira chamuscada... não, mais embaixo ainda: entre as raízes... nas profundezas do solo, onde as vítimas se agarram em vão... sim, ali, sufocados na terra, eles se encontrarão, trovões e relâmpagos."

"Um bom final", Willy disse. "Eu nunca vi uma tempestade."

"E quando as duas metades da árvore, sangrando seiva fresca, farfalhando cada uma com sua própria parte do topo, caírem para o lado, as pessoas dirão: 'Você ouviu isso? Uma queda...'"

Nesse momento, o bebê deixou o mamilo da mãe escorregar da boca, soluçou e arregalou os olhos na direção do velho que havia falado. Não era mais o olhar de um bebê de peito.

O "velho oráculo" queria dizer alguma coisa, mas o amigo o calou.

"Sim, isso é o suficiente, bruxo do mal. Seu bruxo velho e feio com suas belas previsões do tempo. Pode passar várias gerações até que chegue uma tormenta. Agourador. E de quem é a culpa por ainda estarmos aqui? Podíamos estar na praia."

Willy desdobrou os óculos e os ergueu contra a luz do abajur. Havia uma teia de rachaduras no vidro esquerdo.

"Você gostaria de ver o sol nascer com isso?", o outro perguntou, desaprovando. "Acho que você vai vê-lo descascado então. Em partes."

"Bem, apresse-se agora, velho reclamão."

Ainda assim, os dois ficaram parados por um tempo, olhando para a criança com ternura de velho, talvez porque soubessem que, quando voltassem, se voltassem, praticamente não seria mais uma criança.

"Ele me vê como se já fosse maior", disse o avô, mais pesaroso do que orgulhoso.

Só agora a mãe falou, num tom um tanto queixoso. "Já acabou, não é? Meus seios ainda estão tão pesados..."

Mas eles estavam vazios.

"Ele cresceu muito", disse o amigo de Willy.

"Ele vai para a escola quando voltarmos. Qual é o nome dele mesmo?"

"Ben", o avô disse.

"Benny", a mãe corrigiu.

"Esta é uma geração que não conhecerá a escuridão", Willy disse. "A menos que viva muito."

"Uma geração do sol", o outro concordou. "Vamos, vamos reivindicar nossa parte também."

"Sim, porque provavelmente ficaremos só com uma parte."

"Se vir que vai demorar muito", a mulher disse ao pai, "volte. Com ou sem sol. Quero te ver de novo."

Ela cobriu o peito, que parecia tão pálido quanto o resto de sua pele. Afinal, ela nasceu no meio da noite...

Willy beijou sua filha.

"E se eu não voltar vivo, você tem a chave do cofre. Adeus, meu pequeno Ben. Como você cresceu."

O menino arrotou (porém mais forte do que um lactante) e olhou para os dois homens, surpreso. Então começou a chorar baixinho. A mãe apertou o lábio superior do filho com o polegar. Aqui e ali algo disforme e esbranquiçado atravessava as gengivas. "O crescimento também é uma forma de destruição", ela falou, melancólica.

"Não há como parar isso. Força, minha filha."

Os dois velhos desceram a curta escada externa que dava para a rua.

"Está vendo isso? O céu está um pouco mais claro desde que abri a porta."

"Bem, é o que você acha. Mas não é tão rápido. Você não notará nenhuma diferença."

"Com esses óculos estúpidos, você não vai notar mesmo. Mas eu, sim."

O outro tirou os óculos escuros.

"Sim, agora que não estou mais usando esses óculos escuros, podia ser que... relativamente falando..."

Enquanto eles avançavam, sempre batendo os cotovelos um no outro, como fazem os velhos, um pássaro começou a gorjear muito estridentemente em uma árvore mais adiante. Quase um segundo depois, na coroa logo acima de suas cabeças, houve uma resposta ainda mais estridente. Parecia ser o sinal para que todos os pássaros da área falassem. A rua, com suas árvores e escadarias de ferro fundido, havia se transformado em um órgão com as notas mais agudas que existiam.

Os dois homens, parados, viram os olhos um do outro se umedecerem. Eles não ouviam isso desde a infância, e soava muito diferente naquela época — mais velado, mais resignado —, porque era noite de verão. Para perder o mínimo possível do mundo, eles foram dormir tarde e acordaram cedo.

Várias pessoas ficaram nas portas de suas casas, muitas vezes com os olhos brilhando, balançando a cabeça, enquanto olhavam para aquelas copas densas tão cheias de vida, sem um pássaro à vista. Acima e além das árvores pendia o silêncio da noite, ainda pesado, mais pesado agora. Os dois continuaram sua jornada em silêncio.

Eram quase exclusivamente velhos que, como se tivessem combinado de antemão, atravessaram a ponte às pressas para a outra parte da cidade, em que, a sudeste, havia uma praia. Em sua animação, eles não se incomodaram com os carros, que foram obrigados a andar devagar devido à enorme quantidade de pedestres. Algumas pessoas muito idosas eram empurradas em cadeiras de rodas por seus contemporâneos de geração, melhor constituídos fisicamente. Alguns já tinham caído na ponte e eram levados de volta ao centro da cidade por um motorista de bom coração, outros haviam morrido em alto-mar sem testemunhar o milagre.

Eles se aglomeraram na praia, perto da feira. Cadeiras de rodas ficaram presas na areia, que, na escuridão da madrugada, reluzia num branco acinzentado e fenecente. Silhuetas escuras jaziam no chão, aqui e ali, algumas esticadas rigidamente, outras encolhidas e em posição fetal, algumas ainda vivas, de joelhos, choramingando baixinho, de dor ou arrependimento.

"Chegamos", ofegou o velho Willy, com a mão no coração.

"Conseguimos", concordou seu amigo, também sem fôlego.

A seus pés sussurrava o oceano, do outro lado um continente onde o sol deveria brilhar por cerca de uma geração. Ao longe, à esquerda, uma ramificação da ilha alongada dava a sensação de ambiguidade, porém mais à direita, bem à frente deles, o horizonte do mar se estendia sob o céu claro, afiado e metalizado como a lâmina de uma faca.

"Isso é tão bonito... mas daqui a pouco..."

Perto dali, um homem não muito mais velho que eles desmaiou com uma leve queixa. De joelhos na areia, ele puxou a gravata e o colarinho com tanta violência que os botões saltaram. Desnudo até o umbigo, caiu de costas, olhando para o leste.

"Não importa", ele murmurou, então ficou imóvel.

Willy e seu amigo estavam tão cativados pelo milagre que não prestaram muita atenção nele.

Quando sentiram que suas pernas se enrijeceram de tanto ficarem em pé, e seus olhos, acostumados apenas à escuridão e à luz elétrica, começaram a arder por olharem para o horizonte, decidiram caminhar para cima e para baixo na praia. Willy apontou para o amigo a roda-gigante, em que, quando jovens, eles tinham andado com suas namoradas.

"Sim", o outro disse, "eles acabaram de acender as luzes daquela coisa. Círculos de luzes de todas as cores...".

"Mas ainda não está totalmente escuro..."

"Não. Quando você fica no topo, dá para perceber pela fumaça amarela e listras vermelhas onde o sol se põe. Isso me lembrou de uma ferida que foi difícil de curar."

"Eu me casei não muito tempo depois daquele passeio na roda-gigante. E você um pouco mais tarde, se me lembro bem. Pelo menos houve beijos na cabine."

"Acho que não estava muito escuro. No meu casamento, quero dizer."

A *roda das maravilhas* estava ali, alta e imóvel, com a frente voltada para o leste, erguida como uma enorme antena para captar a primeira luz do sol.

Quando finalmente chegou a hora, a praia estava repleta de corpos de moribundos e mortos, muitos deles segurando óculos escuros nas mãos. Os sobreviventes, em menor número, tinham pouca força. Se faziam algum movimento, moviam-se extremamente devagar, muitas vezes apoiados uns nos outros, sem que realmente tivessem oferecido apoio. Os pés se arrastavam pela areia. Quem não morreu de insuficiência cardíaca, de repente, definhava lenta e inexoravelmente, sustentado apenas pela esperança de um vislumbre do milagre.

O sol já havia enviado tantos raios vermelhos e dourados, sustentados por finas fileiras de nuvens, que era difícil dizer o que ainda era espelhado e o que já era real. Willy, já bastante decrépito, espiando por entre os cílios com um olhar cansado, foi o primeiro a sinalizar para o corpo celeste.

"Está vindo...! Ali está...!"

Ele gritou com o máximo de força que tinha. Então ele teve que enxugar as lágrimas para ver se não era uma alegria prematura. Não, ele estava certo, e mais velhos levantaram suas vozes com o último suspiro, gesticulando ativamente. Eles caíram em uma sucessão cada vez mais rápida e morreram sem mais delongas.

Da mesma forma, o amigo de Willy de repente jazia morto a seus pés, mas nenhuma emoção, nem mesmo o medo de sua própria morte, poderia superar a angustiante sensação de felicidade provocada pelo nascimento do corpo celeste que durante toda a sua vida havia sido considerado principalmente um mito. Mesmo a lua, sempre descrita como nova, que, assim como o sol, não pôde testemunhar, ainda era um mito.

O pedaço de sol que Willy via o lembrava a curva da ferradura em brasa que ele tinha visto em uma tenaz de ferreiro muito tempo atrás, quando criança. Ficava nos fundos de uma oficina escura. O ferro torto chiava no contato com a bigorna fria...

A forja da ferradura ali no horizonte prosseguia sem golpes no metal. Apenas o sussurro do mar podia ser ouvido. Willy rapidamente colocou os óculos escuros, mas aquela pequena fatia de sol já havia feito uma queimadura azul-escura em sua retina, que não ia embora. Bem, uma ferradura... Willy já reduzia tudo a imagens de sua mais tenra infância. Muito naturalmente, sem nenhuma dor repentina, relaxava, ajoelhando-se, dando meia-volta para ver que a roda-gigante, com seus raios e conexões transversais, em forma de teia, realmente captava a luz vermelha ainda fraca. Tudo o que ainda o interessava, e o fazia sorrir até a morte, era que a *roda das maravilhas* o lembrava de um daqueles leques de papel que podiam ser desdobrados em 360 graus e, muito tempo atrás, eram colocados como decoração em seu sorvete.

Os óculos haviam escorregado de sua cabeça na areia e ficaram virados para o leste. A teia de rachaduras no vidro refletia a luz do sol em fragmentos semelhantes a mosaicos.

Tudo é explicado uma única vez

O pequeno Wult começou a ir à escola enquanto digeria lentamente o leite materno.

Eram sete e meia da manhã do que provavelmente continuaria sendo um dia de verão impecável, quando sua mãe o acompanhou até o grande edifício. A princípio, eles tinham o sol às costas, e Benny viu suas sombras se estenderem pelo asfalto, a dela três vezes mais longa que a dele. Já estava bastante quente, mas, quando tiveram de passar, numa rua lateral, pela sombra de um prédio alto, o menino ainda pôde sentir o frescor nas pernas nuas.

Sua mãe o conduzia pela mão, essa união também consagrada no monstruoso complexo de sombras. Ela havia colocado uma pequena mochila nas costas dele, contendo, além de cadernos novos, uma maçã que pressionava irritantemente entre seus ombros.

O rosto da mulher estava sério e um pouco triste, mas quando ela notou o menino a olhando, ela sorriu para ele.

"Você gosta de ir à escola?"

"Sim", ele respondeu sem convicção.

Ao dobrarem a esquina, em direção ao norte, as sombras viraram para o lado novamente e, momentos depois, fundiram-se na sombra muito maior de uma fileira de casas. Refrescou. A luz do sol (e Benny viu os pelos brancos aloirados de seus braços se arrepiarem) só foi sentida de novo quando a fileira de casas foi interrompida por um canteiro de obras, do qual se projetavam estacas enferrujadas. Todos os homens lá embaixo usavam capacetes amarelos.

No fim da rua em que a escola se encontrava, as sombras deslizaram novamente, longas e retas na frente de mãe e filho, e isso deu a Benny uma sensação familiar. Com aquela mancha preta na frente dos pés, a mãe parecia muito mais presente.

Despediram-se no portão, e a mãe não mais se conteve. Quando ela se inclinou na direção do garotinho, uma lágrima caiu do canto do olho direito e foi parar na bochecha esquerda, e outra lágrima também foi para o lado errado; elas se cruzaram brevemente sob a base do nariz. Benny ficou tão absorto com esse maravilhoso cruzamento de lágrimas que se esqueceu de chorar com ela.

"Preste atenção. Tudo é explicado uma única vez."

Ela o beijou. Ele experimentou o sal de seu rosto molhado. Quando ela colocou a mão nas costas, ao se levantar novamente em plena luz do sol, Benny viu cabelos brancos em meio aos castanhos. Os cabelos brancos não estavam ali durante a caminhada: deviam ter surgido durante a despedida, assim como as lágrimas. Ela, é claro, continuou sendo sua linda mãe, mas isso o deixou triste, aquele branco indisciplinado. Benny chorou, e suas lágrimas caíram diretamente no chão. Ela já estava se afastando em direção ao sol, sua sombra se arrastando atrás dela como um trem lento, quando se virou de repente e retornou ao menino em poucos passos. Ela se ajoelhou diante dele, agarrou-o pelos ombros, as pontas da mochila quase escapando.

"Ah, deixe eu te dar uma boa olhada, em como você está agora. Em breve, quando você voltar para casa, estará adulto e prestes a se alistar... Você promete que não vai ficar chocado ao encontrar sua mãe já velha?"

Benny Wult entrou em uma sala com muitas crianças da idade dele, todas nascidas ao amanhecer.

Eles lhe ensinaram tudo ao longo da manhã. Ler, escrever, calcular. Tudo começou de forma muito simples, mas o material foi ficando cada vez mais complicado. E tudo era explicado uma única vez. Os professores se alternavam. Às vezes, um morria. Durante o intervalo, Benny comeu sua maçã.

Em geologia lhe explicaram como, em um tempo inimaginavelmente remoto, a Terra, ainda maleável, foi passando do formato de ovo para o formato de pera, e, por fim, a cabeça da pera se desprendeu e formou a lua.

"No fundo do que mais tarde se tornou, crianças, o grande oceano", a professora explicou, "os vestígios dessa fenda ainda são visíveis. Desse dramático... processo de parto, por assim dizer. A ferida nunca cicatrizou totalmente. A crosta ainda não está muito *sólida*, digamos. É por isso que, de tempos em tempos, temos tremores de terra. Mas, por mais dramático que seja, para aqueles cuja vida coincide com a noite, a lua fica ali como uma lâmpada, um farol, um sinal de conforto, prova de que o sol existe, mesmo que esteja do outro lado do mundo... Claro, isso não se aplica à geração anterior, que teve que viver sob a lua nova, na mais profunda melancolia. Mas meu colega das aulas de História provavelmente poderá contar mais sobre isso."

Ao longo da manhã, o corpo de Benny cresceu junto com seu conhecimento. Em três ou quatro ocasiões, assim como seus colegas, ele teve que solicitar um uniforme escolar de tamanho maior. Sua pele parecia explodir à medida que crescia. Com sua lógica infantil, a princípio, ele achou que aquela prolongação que tinha abaixo da barriga era uma espécie de peça elástica de reserva da pele. Quando, no final do período escolar, ele se retirou outra vez, e desta vez para urinar, a pele realmente se esticou naquela região, mas de uma maneira diferente do que ele esperava. Ao percorrer seu corpo com o olhar, Benny observou com inquietude algo similar a um ponto desgastado na manga onde o cotovelo se projeta. Então pensou que tinha um corpo secreto embaixo da pele, que poderia se rebelar e não caber mais ali.

Benny provavelmente foi muito precoce, bem mais precoce do que seus colegas, porque foi só algum tempo depois de sua descoberta que o professor de biologia começou a falar sobre a "preparação do corpo humano para a reprodução".

O ato associado a isso era enfaticamente apresentado como único e irrepetível — o que não surpreendeu Benny, porque todos os grandes fenômenos de sua vida até então haviam ocorrido apenas uma vez, e não havia indicação de que aconteceriam novamente (exceto a comida, que viria depois, e o serviço militar — mas isso realmente era um fenômeno bem diferente da amamentação com a qual sua vida começou).

Resumia-se, segundo o tímido professor, a "não se desprender prematuramente".

"Para o homem, em geral, após a primeira ejaculação, seja na companhia de uma mulher, seja na solidão, as funções sexuais morrem, murcham. A repetição do ato é praticamente impossível. Claro, existem exceções, biologicamente falando... mas, via de regra..., enfim. Para a mulher, ela pode engravidar no máximo uma vez, geralmente de gêmeos ou trigêmeos. Após a gravidez, ficará evidente que ela não tem mais função sexual. Isso se tornou algo supérfluo. Não se pode descartar que ela tenha experimentado a sensação de prazer que deveria tornar mais fácil para o homem engravidá-la. Mas uma vez que tenha resultado em um orgasmo, tão intenso nela quanto no homem, suas funções sexuais morrerão prematuramente. Se encolherão. Literalmente, secarão. Podemos dizer que o orgasmo *consome* o sexo. O prazer não volta nunca mais."

Um menino um pouco mais velho que Benny pediu para falar.

"Professor, ouvi falar de uma mulher, muito jovem e já mãe, que depois teve relações sexuais com um homem."

"Então com certeza foi uma penetração brutal. Uma mulher nessa situação não tem desejo sexual. Nem capacidade para colaborar com o ato. Para o homem em questão se trata de um suicídio sexual, pois ele regou seu sêmen em um corpo estéril. Mais perguntas?"

O mesmo menino perguntou, e Benny ficou com ciúmes de sua tenacidade:

"Professor, ouvi falar muito sobre amor e coisas assim... a paixão que se sente antes de fazer o ato que o senhor estava falando... queria perguntar se é possível que a paixão... depois... depois do ato, digo... depois disso..."

"Continue... A paixão apesar do atrofiamento das faculdades sexuais, é isso?"

"Sim, senhor, é isso que quero dizer."

Houve um zumbido de vozes na sala. O professor andava de um lado para o outro na frente das carteiras, esfregando o queixo.

"De fato, há casos conhecidos de casais cuja paixão sobreviveu ao ato de amor por algum tempo. Uma desarmonia muito infeliz entre a natureza e algo especificamente humano. Mas nunca por muito tempo. Pois, no final, o desejo

mútuo, que necessariamente permanece insatisfeito, sangra até a morte. E com ele também sangra o ressentimento contra a irrepetibilidade do amor. De qualquer forma, ainda há exceções. Eu... hum, quem perguntou isso mesmo?"
"Eu, senhor."
"Respondi à sua pergunta?"
"Sim. Obrigado, senhor."
Benny olhou com muito carinho para o rosto do menino, que não parecia convencido. Ele ficou carrancudo — chocado, ao que parece —, olhando para a frente.

Às vezes, quando eram autorizados a sair ao pátio, durante o intervalo entre duas disciplinas, eles viam antigas casas do outro lado da rua sendo demolidas e novas e mais altas em construção. No decorrer daquela manhã, as novas logo se tornaram obsoletas, e foram demolidas e substituídas por outras ainda mais altas. A escola havia se tornado o prédio mais antigo da região, o que se refletia no marrom escuro dos tijolos, no musgo das juntas, na grama saindo das rachaduras.

Os alunos estavam tão acostumados com os sons da construção que não se distraíam durante as aulas.

A luz do sol, que no começo brilhava quase horizontal na sala de aula através das janelas altas, caíra imperceptível na parede oposta durante o tempo que Benny havia passado na escola. Um menino, sentado perto da parede na qual o sol projetava a treliça em forma de cruz de uma janela, havia marcado a lápis, no papel de parede pintado, as sucessivas posições do sol. Como o corpo celeste não subia perpendicularmente, mas sim obliquamente para o sul, o desenho havia se tornado uma espécie de escada, que descia até a linha hipotética traçada pelo professor de astronomia, marcando o fim de seus dias de escola.

Quando a luz do sol quase atingiu a linha, logo acima do rodapé, surgiu um padre, o último professor. Ele foi encarregado de dar uma "perspectiva metafísica" a tudo o que "os jovens" haviam aprendido, como ele mesmo disse.

O padre retomou o que o professor de biologia havia dito sobre a irrepetibilidade do ato amoroso.

"Seu professor, sem dúvida excelente, é claro, não disse nada sobre o sentido superior dessa singularidade, pois isso está além de seu domínio. Pois bem, o que vale para a vida como um todo, ou seja, que dura apenas um dia e — pelo menos em sua variante terrena — é irrepetível, vale também para a vida amorosa do homem. E é certo e apropriado que nosso corpo metafísico mais elevado assim o tenha querido, porque nossa vida e o amor derivam sua grande intensidade. O bem maior é irrepetível. O Céu é a melhor prova disso..."

(Benny, que muitas vezes ouvira falar de "Deus" em sua juventude, notou que o padre usava o termo *autoridade metafísica suprema*. Como se quisesse dar ao seu discurso um toque de científico.)

"No mundo que viemos a chamar de Céu, e no qual entramos depois de uma vida exemplar aqui na Terra, a existência acontece em um momento quase indivisível. É infinitamente curta e, ao mesmo tempo, de glória quase infinita. Não há nada como um 'antes' ou 'depois'. Não há atos ou sentimentos indistinguíveis, muito menos repetição desses atos ou sentimentos. É a própria qualidade de vida mais elevada que se manifesta: todas as coisas boas condensadas em uma sensação benéfica de bondade absoluta. Uma bondade que, pelo seu caráter absoluto, torna supérflua qualquer repetição, corta pela raiz todo desejo de repetição. Está claro?"

"Como vamos imaginar essa sensação benevolente?"

Ali estava o menino curioso e cético de novo, que parecia envergonhado de levantar o dedo, e por um momento deixou o braço pendurado ao lado da carteira.

"Meu jovem...", começou o padre, olhando para longe do menino. Sua mão desapareceu em uma espécie de bolso na lateral de sua túnica, mas no fim não era um bolso, e sim uma parte cuidadosamente desfeita e bainhada da costura, uma fenda que dava acesso ao bolso de um *short*. A fissura era tão longa, tão ampla, que dava para ver parte das pernas branquelas do velho. Ali, em meio a um edifício metafísico fechado, uma janela se abriu para um mundo imensamente humano. O padre tirou um lenço bege do bolso do *short*.

"Meu jovem, aqui só se pode fazer uso de imagens e metáforas. Se conseguem ler nas entrelinhas dos Livros, chega-se à conclusão de que o Céu é algo como uma chama que vaza — infinitamente breve — pela alma de quem morre. A chama é uma síntese perfeita de todos os sentimentos sublimes, impressões e pensamentos que a vida passada produziu, e depois se acendeu novamente com a máxima perfeição. Precisamente como síntese... afinal, uma síntese é sempre muito mais do que a soma dos seus constituintes. Talvez eu deva dizer: as partes que ligam, precisamente como síntese, em que sentimentos e pensamentos não seguem uns aos outros, não possuem um lapso de tempo, onde o contraponto de sofrimento e tristeza desaparece. As coisas boas são perfeitas."

O menino rebelde, outra vez, com um movimento lateral do braço, pediu para falar.

"Vá em frente", disse o padre. Ele guardou o lenço sem fazer nada com o objeto.

"Desculpe, mas eu vejo isso mais como um aperto de mão dourado de Deus. Um *pot-pourri* de todas as coisas boas e belas, e as criaturas são descartadas. Uma bela maneira de limpar as almas mortas... Quem me diz que o contraponto terreno da felicidade e do sofrimento, da euforia e da tristeza não é mais primoroso do que a chama estéril do seu Céu?"

Benny se juntou aos murmúrios de desaprovação de seus colegas, mas no fundo invejava a recalcitrância do menino.

"Você diz isso", começou o padre com um sorriso perdoador, "não só porque está na flor da vida, e essa fase é seu melhor momento, mas também porque o Céu é algo incompreensível. Tão indescritível que só podemos falar disso em metáforas imperfeitas. Minhas imagens positivas imperfeitas alimentam as suas, que são negativas. Nós dois estamos errados, mas de maneiras diferentes. Não transmito a grandeza do Céu. Você a subestima. Mas para mostrar como você está errado, darei um contraexemplo. Se Deus não está preocupado com a 'purificação das almas', como você sugere, por que perdeu tempo criando um Inferno para os pecadores, que podem ser muito maiores em número? Afinal, o Inferno é o mundo da repetição. Em vez de condensar a vida em um momento sublime e indivisível, como é o caso dos frequentadores do Céu, os viajantes do Inferno são apresentados à perspectiva da repetição sem fim — centenas, milhares de vezes — do que acontece aqui na Terra em um único dia. No mundo do Inferno, dificilmente um dia será diferente do outro. Haverá diferença suficiente para sugerir variedade, uma variedade que apenas enfatiza a semelhança mortal de todos os dias. Não há nada pior do que repetir algo que foi excelente da primeira vez. Significa a destruição dessa excelência. Inferno, essa é a destruição incessante de tudo o que era bom na natureza, isto é, pela graça de sua singularidade. Amor, por exemplo. O Inferno garante uma repetibilidade virtualmente ilimitada do ato amoroso. Nessa repetição, o amor é abolido e o ato se torna um tormento. Auto-humilhação através do prazer..."

Houve um murmúrio na sala de aula, que claramente concordava com as palavras do padre. Repetição — nunca. O menino cético olhou entediado para a parede onde o sol estava nascendo. Benny Wult, que ouvira atentamente, considerava-se afortunado por ter nascido em um mundo onde tudo, todo fenômeno, toda ação ganhava importância e intensidade por sua irrepetibilidade. Uma garota perguntou: "Como é o Inferno?"

Logo tudo ficou em silêncio. A luz do sol quase atingiu a marca do professor de astronomia.

"Olhe ao seu redor. Inferno... o mundo que chamamos de Inferno... não parece muito diferente do nosso mundo. Talvez até não haja nenhuma diferença externa. O Inferno existe... em outro tempo. E com isso, crianças — ah, não, vocês não são mais crianças —, não quero dizer que o Inferno está em algum lugar do passado ou no futuro distante, não, o tempo passa de forma diferente do mundo que conhecemos. Ao fim de cada dia, sem que um morador do Inferno envelheça de maneira bem clara, começa outro, que difere um pouco do dia anterior. Assim, dolorosamente lenta, até a loucura, progride a vida nesse mundo. A vida se dilata sem fim, até o ponto em que podemos tranquilamente chamá-la de eterna. Como o Céu, portanto, o Inferno está em outro plano, em outra dimensão de tempo, diferente do que conhecemos aqui. Céu, Inferno, existência terrena... são três mundos que se entrecruzam, sem serem perceptíveis um ao outro. Aqueles que vão ao Céu estão entre nós, mas não ouvimos seu breve júbilo. Tampouco podemos captar os lamentos interminavelmente repetidos dos viajantes do Inferno. Cada um fica trancado em seu próprio tempo. Os Livros garantem isso. Mas voltando por um momento às diferenças externas entre o nosso mundo e o do Inferno... elas, se forem perceptíveis, serão extremamente pequenas para quem acabar do outro lado. A intensidade na percepção de objetos e fenômenos é notavelmente diferente, aqui e lá, de acordo com os Livros. Por causa da singularidade de todos os eventos importantes em nosso mundo, absorvemos tudo cada vez mais profundamente. Mais agudamente, em especial. Detalhes... nuances... Precisamente o que se apresenta como irrepetível carece de elementos de comparação direta. Nossa resposta ao que vemos é, portanto, muitas vezes uma metáfora... Os habitantes do Inferno são mais estúpidos, veem mais do mesmo e, portanto, menos. Eles pensam menos do que nós em imagens e comparações. Ou deixe eu me expressar melhor: quando confrontados com um fenômeno, eles procuram uma metáfora, ao passo que, *em nosso caso*, uma metáfora surge durante o confronto. Assim, nossas memórias são mais nítidas porque as vimos e experimentamos uma única vez..."

De acordo com a posição do sol, agora era hora do exame final, mas o menino cético tinha mais uma pergunta. Mais maliciosa.

"O senhor ainda não conseguiu explicar o que devemos fazer para merecer o Inferno." (Ele não tinha dito, e Benny sentiu vergonha alheia, "para merecer o Céu"). "Nós ouvimos muita coisa sobre erros e más ações... mas *como assim*?"

O padre listou os pecados que, "segundo os Livros", garantiam um caminho para o Inferno. Deu maior ênfase a traição, estupro e assassinato. Aqueles que se abstinham de grandes pecados podiam contar com a chama celestial.

"Se eu matar meu próximo", o menino quis saber, "for preso por policiais e receber a pena de morte, a pena não será o suficiente para escapar do Inferno?".

"Falando muito brevemente, porque nosso tempo está acabando. A justiça divina, meu jovem, opera independentemente do judiciário mundano. Qualquer um que seja julgado e punido de acordo com as leis que se aplicam aqui na terra, em nossa sociedade, não está isento de um castigo metafísico."

"É injusto. E ilógico. Se eu matar meu próximo e fugir, evitando assim meu castigo mundano, não irei para o Inferno até a tarde desta noite, após minha morte natural. Não só consigo adiar meu castigo metafísico dessa maneira, como também posso aproveitar ao máximo minha vida."

"Essa vantagem é insignificante, uma ninharia, em comparação com a repetição ao infinito que o Inferno reserva para você. Quero terminar a aula dessa maneira."

O ventilador

"Gianni, você conhece essa? Quando eles dizem: 'Você tem o dia todo...' Gianni, você está ouvindo?"

Na parte mais estreita do bar, perto da entrada, um homem impaciente tomou um gole de cerveja. Embora cego, usava óculos normais, sem lentes escuras. Ele olhou com os olhos mortos na direção do *barman*, que estava atendendo outro cliente.

"Quando eles dizem... Gianni?"

O cego não se sentou, mas apoiou-se entre as duas banquetas, na barra de alumínio. Com os lábios trêmulos de palavras ainda não ditas, ele bebeu sua cerveja outra vez. O sol, já alto no céu, embora ainda não no auge, brilhava obliquamente, e sua luz, que não passava da banqueta do canto, batia no homem.

"Estou ouvindo", disse o *barman*, distraidamente.

"Quando eles dizem: 'Você tem o dia inteiro pela frente'..."

"Sim?"

"...geralmente significa que uma boa parte dele já passou."

O *barman* sorriu.

"Não é mesmo?"

"Exatamente."

"Verdadeiro ou falso?"

"Exatamente." O *barman* continuou a sorrir.

O cliente, que acabara de tomar um uísque, se inclinou para Benny Wult, que estava sentado em uma banqueta na área sombreada do local.

"Em sua época, este homem era um peixe graúdo", ele sussurrou. "Conselheiro do presidente. No mínimo."

"Ah, minha juventude transcorreu no final da noite", continuou o cego. "Então, eu não podia ver muito com meus olhos saudáveis. Fiquei cego ao raiar do dia."

Não ficou totalmente claro se essas últimas observações também se destinavam a "Gianni" ou se eram um comentário sobre as palavras do cliente bebedor de uísque. Ele não poderia ter ouvido o sussurro daquela distância. Ou poderia? O homem se virou rapidamente, o copo na mão.

Era a hora da sede e da bebida. Benny Wult, alto e magro, em seu uniforme da Força Aérea, bebia cerveja. Um ventilador articulado, fixado na parede atrás dele, entre dois espelhos, cobria grande parte do espaço alongado do bar em um semicírculo. Enquanto o aparelho girava, Benny sentia cada vez mais o fluxo de ar roçar suas costas quentes. No extenso bar e nas mesas contra a parede dos fundos, mais para a frente, havia mais alguns clientes da idade dele, alguns de uniforme, e uma moça também.

"Gianni, eu poderia ficar tão bêbado..." O cego falava sem parar com o *barman*, que não estava pensando muito nisso. "Posso ficar muito bêbado — eu não vejo dobrado."

Gianni esqueceu de rir.

"Mas os olhos, senhor... os olhos, a visão... é tudo para um ser humano. Seu mundo inteiro. Se tivermos que viver sem visão..."

Ele falava com um sombrio *páthos* italiano, mas por trás havia uma alegria intencional, provavelmente como vingança pelo que ouvira antes. O *barman* não terminou a frase, mas continuou apontando para os olhos com os dedos bifurcados.

"Quando fiquei cego, vi tudo o que tinha para ver. Desde então... Ah, senhorita, por favor", ele se interrompeu, virando os olhos opacos para o outro lado, "cuidado com o cabelo".

Benny imediatamente tirou os olhos de seu copo. Na parede espelhada atrás do bar, ele viu uma garota que se preparava para se sentar à mesa sob o ventilador giratório e balançante. Em um reflexo, ela virou a cabeça para o lado, congelando momentaneamente na posição entre ficar de pé e sentada. Era difícil dizer se foi o aviso do cego ou a repentina corrente de ar, próxima e sibilante, que a alarmou, mas, de qualquer maneira, foi um milagre ter escutado algo, pois ela estava usando pequenos fones de ouvido, e o tinido metálico da música sobrepunha-se ao da pá do ventilador.

"Há uma grade ao redor", o cego gritou, "mas já aconteceu antes, do cabelo de uma mulher prender na hélice". (Ele era o tipo de cliente regular que, cego ou não, acabava se servindo sozinho.) "O cabelo meio que é arrancado das lâminas, mas também pode se agarrar nelas."

Benny não tinha ouvido a garota entrar. Ele se perguntou como o cego poderia ter reagido tão rapidamente. Uma ligeira mudança no zumbido quando uma cabeça se aproximou do ventilador? Mas ele disse "senhorita". Como poderia ter sabido que era uma mulher, ou mesmo uma garota?

"Ah, obrigada", ela falou, pegando o cabelo. "Obrigada." E ao notar que era um cego: "Como o senhor percebeu tão rápido? Eu ando na ponta dos pés. Uso tênis esportivo."

"Por isso mesmo, na ponta dos pés. A partir disso, e de alguns outros detalhes em seu andar, percebi que se tratava de uma moça. E moças costumam usar o cabelo comprido. Além disso, eu já tinha te ouvido descer a calçada de patins. Você os tirou na entrada. Eles estão debaixo da cerca onde os tacos de bilhar de Gianni estão deformando com o calor. Resumindo..."

"Meus cumprimentos. Estou espantada." Seu ligeiro tom zombeteiro foi por causa de sua timidez.

"Quer mais detalhes? Um pedaço de chiclete está grudado embaixo da sola do seu sapato esquerdo. Isso faz um som pegajoso ao andar..."

"Sim, sim, acredito no senhor."

Realmente, ela tinha cabelos compridos, loiro-avermelhados, mas usava-os presos, deliberadamente desgrenhados. Será que foi por medo do ventilador ou da esperteza intrusiva do cego que ela se sentou em uma mesa bem no fundo do bar? O *barman* se inclinou sobre a pia.

"Como posso te ajudar?"

A garota pediu um pouco de água mineral, mas Gianni entendeu mal, pois estava servindo um uísque.

"Pode ser só isso?"

Ela queria dizer algo como "eu pedi água", mas apenas acenou hesitante para o copo, uma indicação que terminou no gesto de "deixa pra lá". Bastante confiante, por causa da cerveja, Benny disse:

"Eu pego."

Ele, que acompanhara tudo, não disse nada sobre o pedido incompreendido, com medo de atrapalhar alguma coisa.

"Ah, não, não precisa mesmo..."

E ela ficou de novo naquela posição meio sentada, entre agachar e pular. Sua panturrilha, enfiada no tecido rosa do *jeans* bateu na cadeira, que arranhou o piso de ladrilhos. A música do fone de ouvido soava como o barulho de uma bolsa cheia de alfinetes.

Benny colocou o uísque na mesa dela. A garota quase parecia zangada por ele a estar envergonhando daquele jeito. Ela cobriu as bochechas com as mãos.

Para estancar seu rubor. Essas palavras vieram a ele assim, talvez por causa da febre provocada pela bebida, e foi essa frase, mais do que qualquer outra coisa, que despertou sua emoção.

"Posso sentar um pouco... para pegar um vento daquele negócio? Está tão quente."

Benny teve vergonha de sua própria banalidade. Hoje em dia, as pessoas dizem que está "tão quente" quase com tanta frequência quanto "a vida não é fácil". A coluna de ar passou pela garota, remodelando todos os tipos de fios de cabelo que escapavam dos grampos e alfinetes. Cachos foram desfeitos, pontas rígidas ficaram enroladas. Com as mãos ainda no rosto, "para estancar o rubor", ela deu de ombros com leves tremores que poderiam muito bem ser considerados de calafrio.

Benny sentou-se à sua frente. Eles ficaram em silêncio. Observando durante um longo tempo, o ventilador se parecia com uma cabeça usando uma máscara de esgrima... uma cabeça que, pregada na parede entre dois espelhos, examinava com cuidado o interior do lugar, inicialmente com um som que acalmava os bebês chorões, mas aos poucos soprava mais violentamente. Além disso, o rosto mascarado parecia querer se olhar nos espelhos, ora para a direita, ora para a esquerda, o que, devido à sua limitada liberdade de movimento, só era possível a partir do canto imaginário do olho. Isso conferia um caráter furioso a seus movimentos.

Finalmente, Benny se atreveu a olhar para a garota. Agora que ele viu a cabeça dela contra a luz do sol, o corte de cabelo pareceu mudar ainda mais dramaticamente depois de outro giro do ventilador. Línguas flamejantes e onduladas que, quando estavam prestes a endurecer, o aparelho vinha cutucar novamente. Uma imagem do sol — sem ter que proteger os olhos. A garota ainda estava com as bochechas coradas.

"Ouve só, sei o que é incômodo... Olha, uma vez eu tive um problema assim. Não com um negócio desses. Com a chama de uma vela. Vou te explicar. Foi quando eu estava prestes a pagar uma bebida no balcão, e uma moeda rolou na bandeja atrás do bar. Não que eu seja muito sovina, não me entenda mal, mas involuntariamente você acaba indo atrás da moeda, não sei bem o porquê... enfim. Eu usava o cabelo na frente e do lado bem mais comprido do que agora — não era irregular, mas mais comprido. Tinha uma vela acesa em uma garrafa no balcão. Não porque estava muito escuro (as persianas nunca fecham), mas por causa dos fumantes, que sempre ficam pedindo isqueiro. Bem, quando fui me abaixar, o cabelo começou a pegar fogo. Não entendi direito. Primeiro, teve uma crepitação estranha em algum lugar atrás da minha orelha direita, e no momento seguinte meus colegas começaram a me bater na cabeça. Sério, me deram uns bons tapas na orelha. Fiquei chateado, claro. Eu estava prestes a revidar quando tive a ideia de tocar na cabeça. Não tinha mais cabelo do lado direito. A palma da minha mão ficou cheia de pedaços quebradiços e fuliginosos. E então é claro que comecei a sentir um fedor, um cheiro que realmente não pode ser comparado a nada, a não ser talvez ao cheiro de unhas cortadas numa lupa sob o sol brilhando. Fui correndo pro cabeleireiro e cortei raspadinho, porque estava ficando muito estranho. Levou meia vida humana para recuperar. Não estou reclamando. Eu podia ter sido queimado vivo."

    A garota moveu as mãos lentamente para baixo, como se pensasse que poderia se livrar do rubor do rosto. Ela estava enganada. Benny deu uma boa olhada nela. Era mais nova que ele, aparentemente nascida em plena luz do dia, quando ele já estava na escola. A garota, corando sem parar, manteve os olhos baixos, parecia estar olhando para o copo. Ela tentou tirar o cabelo do rosto, mas o clipe de seus fones de ouvido mantinha tudo no lugar. De seus ouvidos vinham os sons fracos de postes de telégrafo no campo. Dois fios pretos sob suas roupas iam de um dos alto-falantes até um pequeno gravador que ela usava no cinto, dentro de uma capinha. Sua camiseta era tão apertada que os fios ao longo de seu torso eram visíveis como veias inchadas embaixo da pele.

    "Você prefere que eu vá embora?"

    Ela deu de ombros novamente, então assentiu quase imperceptivelmente, ainda sem olhar para ele. Benny continuou sentado, subitamente fascinado por uma borboleta planando entre as pontas de seu cabelo esvoaçante. A borboleta voou para a parede, mas logo retornou à cabeça dela, tocando nervosamente seu rosto. Ela soprou, com o lábio inferior saliente, até o nariz — em vão. Quando tentou afastá-la com um aceno de braço, a borboleta de repente se agarrou às costas de sua mão.

Era uma borboleta de pura luz. O cego, ainda meio mudo, aparentemente sem pensar, brincou com o menu, que estava em um suporte cromado, e então projetou um reflexo de luz solar no interior do bar.

"Você também tem um grilo no cabelo."

Ingenuamente, ela apalpou a cabeça.

"Ah, isso..."

Ela tirou os fones de ouvido, passou pela testa, pelo nariz, pelo queixo, até que ficaram pendurados no pescoço, feito ventosas. Havia muito tempo, durante o recreio, ele tinha visto uma menina no pátio da escola, de longe, segurando um colar entre os dentes. Nele havia pequenas figuras pendentes, pequenos brinquedos. Era bonito. Só de perto percebia-se que o colar, na verdade, era um aparelho dentário apoiado em volta do pescoço, cuja única finalidade era fazer seus dentes se alinharem. Desde então, aquilo tinha virado um padrão de beleza para Benny: usar um aparelho de tal maneira que parecesse um colar incrustado nos cantos da boca.

Abaixar os fones de ouvido fez o penteado loiro de brilho avermelhado, sob a influência da luz do sol e do fluxo de ar, ficar ainda mais flamejante, e no centro do caos o rubor brilhou outra vez.

"Sim, desculpa", ela falou quase chorando, "mas acabei de sair da escola e ainda estou um pouco impressionada. Especialmente... especialmente pelo que eles disseram no final".

"Entendo." Ele ficou parado.

A garota colocou as costas da mão na bochecha. "Estou tão quente. Estou ardendo toda. Claro... saí da escola e vim para cá andando de patins."

"Deve ser isso."

"Espere aí..." Ela se virou na cadeira e encarou o ventilador, que estava balançando na direção deles. Para aproveitar o máximo possível do geladinho, ela se inclinou totalmente para a frente, primeiro para a esquerda e depois o máximo possível para a direita. Quando ameaçou cair da cadeira, Benny a agarrou pelo braço.

"Opa!", ela disse.

Ele a soltou imediatamente, mas continuou a sentir a marca daquele braço fino e macio na palma da mão, como se não tivesse segurado mais nada por metade de sua vida. A garota ficou chocada com o toque inesperado. Ela ficou de pé antes que a cadeira ficasse nas quatro pernas. O rubor não teve nem tempo de desaparecer.

"Tenho que ir embora."

Ela colocou os fones de ouvido no cabelo de novo. A fita aparentemente tinha acabado, porque ficou remexendo no bolso, procurando outra fita em miniatura. Não demorou muito para que o chilrear soasse ao redor de sua cabeça outra vez. Agora que estava prestes a ir embora, a garota se atreveu a olhar mais de perto sua companhia não solicitada. Seu olhar se desviou para o uniforme de Benny.

"Força Aérea?"

"Para te servir." Ele não queria mais se mostrar.

"Essa coisa não é assustadora?"

"Não tem problema."

"Acho muito assustador... aquele tubo." Ela falou mais alto, com seus fones de ouvido. "Que você tenha que respirar por um tubo. Eu ficaria com claustrofobia. Você não fica?"

"Só é arriscado se você ficar enjoada. Como no outro dia, quando um camarada meu bebeu uísque demais, e ele... Deixa pra lá. É desagradável."

"Bem, então eu vou."

"Sim, você já tinha falado."

"É tão estranho, de repente, andar no chão de novo. Totalmente sem patins... estar perto do chão... Você tende a se arrastar, como uma velhinha."

"Posso te trazer aquele negócio."

"Não, não."

"Está esperando o quê, então?"

"Nada. Tchau."

"Tchau."

"Ah...!"

Deve ter sido impressão, mas ele pensou ter visto uma lágrima escorrer de seu olho esquerdo.

"Oh, não!" De repente, ela ficou totalmente imóvel, como se estivesse congelada, tanto que um grito foi reprimido, meio engolido, para que não houvesse o menor tremor. Mas não pôde impedir o ventilador de escavar seu cabelo.

Benny examinou seu rosto em busca de traços de uma lágrima, mas não viu nada brilhante. Nenhuma bochecha molhada, nada. Além disso, uma lágrima ao se despedir não era um motivo para se virar, não?

"Minha lente."

"Lente?"

"Lentes de contato. Não se mexa. Fique parado. Acho que ela caiu lá embaixo. Ela pode ter ficado grudada nas minhas roupas, mas também pode... Se eu for procurar, posso acabar pisando nela. Mas se você..."

"Me mexer ou não me mexer? Faço o que você disser."

"Deslize cuidadosamente sua cadeira para trás. Isso... Agora fique de joelhos. Desculpe pelo seu uniforme. Você vai até o fundo? Cuidado. Não apoie muito as mãos, senão você pode... Nem adianta tatear. A melhor coisa a fazer é encostar a bochecha no chão... isso, assim... e depois é só fechar um olho. E com o outro procurar no chão."

Benny não estava com pressa para encontrar a lente. Ele queria ficar rastejando o maior tempo possível naquela paisagem maravilhosa entre as pernas da cadeira e a mesa, bem longe do tênis que a garota não ousava mexer, à mercê de seu progresso. Tudo o que ele encontrou lá embaixo era igualmente bom. Um fósforo meio carbonizado. Uma embalagem de goma de mascar com o aviso "Garantimos que não dá fome". Duas tampas de garrafa empenadas. Um pedaço de giz azul, meio pisoteado, para riscar o taco de bilhar. O suporte cromado de um menu. Um porta-copos com um buraco de dedo bem no meio. Uma capa de salsicha com parte da pele ainda presa. E até mesmo a escama solta de um peixe, deitada ao lado de uma ponta de cigarro achatada logo abaixo do dedo do pé levemente inclinado da garota.

De qualquer forma, a lente de contato não pesava mais do que uma escama. Com medo de que fosse soprado pelo ventilador, Benny carregou o pequeno círculo de vidro na cavidade de ambas as mãos e o levou até ela.

"Você tem uma mancha preta na bochecha", ela falou, em vez de agradecer. Pegou a lente entre o polegar e o indicador trêmulos e logo a colocou na boca. Começou a chupá-la.

Movendo as mandíbulas, a garota olhou ao redor um pouco infeliz — até que Benny viu o chiclete em sua mão meio fechada. Ela procurou um cinzeiro.

"Dá aqui."

Com uma cara ainda mais infeliz, ela deixou a goma de mascar, molhada e ainda quente da sua boca, escorregar na palma da mão dele. Pela impressão intacta de alguns dentes da frente e de um canino, se é que se pode chamar assim, durante a conversa, o chiclete rosa ficara preso em algum lugar entre o lábio superior e as gengivas, sem que ela ousasse mastigá-lo ainda mais. Por que era tão maravilhoso descobrir coisas tão bobas? Olha, entre as marcas dos dentes ainda havia pequenas bolhas de saliva... Benny as viu explodir, tudo de uma só vez, e isso lhe lembrou — pela primeira vez desde que estavam ali — a irrecuperabilidade de todas aquelas coisinhas tão valiosas. Até o sol estava se retirando, ainda que lentamente, do bar — por enquanto apenas para lançar sua luz e seu calor além dali com mais força ainda. Pode levar meia vida humana para o sol cruzar o limiar, mas eles nunca mais voltariam a vê-lo ali dentro.

Toda a sujeira da rua já devia ter saído da lente, mas a garota, consciente ou inconscientemente, continuou a chupá-la. Benny sentiu o chiclete se solidificar em sua mão. Rosa... devia ser uma goma de mascar de frutas. Quando era pequeno, antes de ir para a escola, ele foi a uma loja de doces com sua mãe. Tiveram que esperar muito até chegar sua vez, porque um homem de terno de três peças ficava pedindo, cada vez com mais insistência, por um produto que não estava disponível. "Goma de fruta. Cores diferentes. Sabores diferentes. Tenho certeza de que foi aqui, nesta loja. Não faz muito tempo. Já estava claro..." "Não, não posso te ajudar." "Eu tenho uma empresa, sabe. E adoraria... O sabor era realmente muito especial. Muito natural. É muito difícil conseguir um sabor de fruta tão fresco e natural, sabe."

"O desgraçado quer copiar", a mãe de Benny sussurrou em seu ouvido. "Uma pessoa assim só quer se aproveitar da invenção de outra pessoa."

Isso não significava nada para ele. O que realmente lhe dizia alguma coisa era a futilidade dos esforços daquele homem, na loja errada, a fim de obter uma goma de mascar que talvez nem existisse mais. À medida que o homem, cada vez mais desesperado, perguntava, perdendo-se em detalhes inúteis, aquela futilidade enchia a loja feito um cheiro, se generalizava, ganhava validade... Benny teria dado com prazer o que ele pedia — mesmo se fosse apenas para recuperar o fôlego.

A garota na frente dele abriu bem a boca e, tremendo — quase vibrando, como um animal que pega insetos —, a lente limpa surgiu na ponta da língua enrolada. Com a ponta de seu dedo indicador, que já tremia, ela transferiu a película de vidro quase invisível para o olho esquerdo, mantido aberto com a mão livre.

Foi assim que Benny aprendeu a ver a pele do rosto como uma máscara que ainda tinha muito a esconder. Como aquela língua inchada e esticada, seu globo ocular acabou ficando com proporções monstruosas. E ambos úmidos, cheios de veias, trêmulos... Protuberantes. Um rosto que parecia expressar grande horror.

A íris (azul) atraiu a lente feito um ímã. A garota piscou um pouco, sorriu, e com isso seu rosto voltou a se tornar, e mais do que antes, uma linda máscara atrás da qual os inchaços nus e os tremores de seu rosto mais secreto, por enquanto, haviam sido escondidos.

No meio de sua bochecha, Benny notou uma pequena cicatriz em forma de lua, possivelmente causada por uma unha. Quando ele se aproximou do rosto dela, ao cerrar os olhos, percebeu que era um cílio, sem dúvida desprendido por causa de um piscar de olhos, que ficou ali embaixo.

Benny rapidamente o tirou de sua bochecha, usando o polegar e o indicador. A garota, assustada, fez um movimento tão brusco com a cabeça que demonstrou que não se importaria em realmente ter uma cicatriz em forma de lua.

"O que você está fazendo?"

"É um cílio."

Ele estava prestes a jogá-lo no chão, mas o fio grudou em seu dedo.

"Me dá."

"Por quê?"

"Eu quero que você me devolva." Ela levantou a mão. "Me dá."

"Você quer colocar ele de volta?"

"Me dá."

"Tá, vou te dar. Primeiro diz para que você quer."

Benny redescobriu a agradável provocação de seus dias de escola. Ele colocou o cílio úmido (anteriormente manchado) num porta-copos e virou o copo vazio de cabeça para baixo sobre ele.

"Você que sabe."

"De jeito nenhum."

Benny colocou o punho no fundo do copo e apoiou o queixo nele. A garota olhou para ele com desprezo.

"Antes de assoprá-lo, você tem que fazer um desejo. Nunca te ensinaram isso? Meu Deus, que tipo de *educação* algumas pessoas tiveram...! Agora é meu. Me dá."

Benny começou a apertar os dedos daquela mão estendida um a um, como se estivesse tocando piano. Ela não a retirou.

"Me dá."

"Já que você não deixou claro qual é o seu desejo, me contento com meia resposta."

"Algumas pessoas realmente não entendem. Se você revelar o desejo, não vai se realizar."

Benny notou que apertava os quatro dedos da mão dela em tal sequência que, se fossem teclas de um piano, teria produzido uma melodia simples.

"Seu segredo está a salvo comigo."

"De novo! Se você diz em voz alta, o desejo fica inválido. In. Vá. Li. Do. E não dá para fazer um segundo pedido. Nunca, na vida inteira."

"Sabia que toda mão é um pequeno piano? Olha, seu mindinho é o dó. O anelar é o ré. O do meio é o mi. O indicador é o fá. O dedão fica muito longe das teclas. Se você adivinhar simplesmente pelo tato ou apenas olhando qual música estou tocando, o cílio é seu. Topa?"

"Não topo de jeito nenhum."

Ainda assim, ela prestou muita atenção, até mesmo desligou o gravador para focar melhor. Enquanto Benny brincava com uma mão, ela levou o copo de uísque à boca com a outra. Ela fez uma careta, pois percebeu que não tinha recebido água mineral. Benny repetiu os primeiros compassos da música que tinha em mente. Depois que a garota cantarolou algumas vezes as notas individuais, tateando, incerta, o cego gritou do outro lado do balcão, parecia querer ter certeza de que Benny conseguiria esticar um pouco mais as pontas dos dedos: "*O Arco-Íris...* Ouço a introdução de *O Arco-Íris.*"

E ele ecoou a canção do marinheiro:

Ela me recebe tão hospitaleira quanto a cidade,
passou para mim graciosamente
de bar em bar...

"Eu sabia. Eu sabia", disse a garota. "Quase acertei."

"Não conta. Próxima música." Benny sentiu o chiclete endurecer lentamente e secar em sua mão. Ele o deixou cair no chão debaixo da mesa. "Não murmure tão alto. Aquele cara está ouvindo tudo. Dê a outra mão... Vamos complicar um pouquinho mais. Mas nada demais."

Se ao menos ele pudesse se manter ocupado com aquelas mãozinhas quentes e ao mesmo tempo frias. Parecia-lhe quase frívolo que não estavam enluvadas... que estavam tão nuas e indefesas, e extremamente tocáveis, estendidas a ele...

O cego cantou:

*Pescado por gaivotas,
lambido por cães...*

E um marinheiro, que acabava de entrar, interveio:

Espero entre garrafas vazias...

Benny a orientou para juntar os mindinhos e virar as palmas das mãos para cima.
"Seu tirano", ela falou. "Os botões desse uniforme subiram à sua cabeça."
"Agora vamos tocar de indicador a indicador. De dó a dó. Preste atenção. Qual é essa?"
Ele tocou os primeiros compassos de *Dois Corações*. Embora sua interpretação fosse silenciosa, ele tentou colocar o máximo de sentimento e efeito, como quando ficava tocando velhos sucessos no piano do refeitório, cercado por colegas. Os dedos dela eram apenas como teclas, cujos martelos, no interior do piano, tinham que bater nas cordas corretas.
"Ui, estou com cãibras nos pulsos."
Ele gostou de tudo nela: aparentemente não querendo que o cego ficasse na sua frente outra vez, ela omitiu o zumbido e olhou atentamente para seus dedos sendo pressionados pelos dele em ritmos cambiantes, movendo os lábios como se estivesse contando. Achou tão difícil como se tivesse que se orientar pela mão do pianista re-

fletida na tampa aberta do instrumento. Ela leu a partitura ao contrário escrita no ar.

"Não vou aguentar muito mais, tá?"

Benny não se incomodava de repetir de novo a introdução. Quando tocava *Dois Corações* na cantina com um cigarro na boca, feito um pianista de bar de verdade, a brasa ardente do cigarro caía na tecla (na qual a música acabava), e, com muita teatralidade, ele a prolongava o máximo possível. O calor acabava tostando levemente o marfim e uma fumaça fina e lanosa saía da tecla.

Agora ele queria tocar para a garota — mesmo que fosse só uma ideia de música. Uma música que, sem som, subia em linha reta, tão reta, fina e digna como a fumaça de uma oferenda aos deuses.

"Oh, meus dedos estão começando a doer."

Com dificuldade, Benny se lembrou do fedor que posteriormente inundou a cantina, muito, muito pior do que o de cabelos queimados, pior ainda do que o de unhas dos pés cortadas colocadas em uma telha do pátio da escola no ponto focal (e que o sol reduzido a uma cabeça de alfinete brilhante) de uma lente convexa. Tudo, tudo ficou fétido e podre durante a criação. A beleza fedia. Enfim, desde aquele incêndio, Van Haften, o encarregado do refeitório, cujos dentes eram tão amarelos quanto as teclas daquele piano velho, o impediu de tocar o instrumento. Foi assim que aconteceu.

E agora ele estava sentado ali, tamborilando nos dedos pontudos de uma garota que tinha acabado de sair da escola. Benny deu uma boa olhada. Não, não eram mais os dedos de uma adolescente. Os desenhos na palma da mão ficaram ilegíveis; a tinta fluía em linhas e veias.

"Também tenho isso. Sei como é."

Ela logo tirou suas mãos de baixo das dele e as levou ao seu rosto, desta vez para vencer o rubor.

"Vamos ouvir, então."

"Eu não me atreveria a cantar."

"Então como posso..."

"Eu reconheci. Acredite ou não. Mas não me faça dizer a letra... o título... Não vou te dar esse gostinho. Fique com meu cílio, então."

Ambos os dedinhos pressionaram os cantos de seus olhos para conter duas lágrimas de raiva.

"Eu acredito em você. Toma." Benny ofereceu a ela o porta-copos com o copo virado. "Sopre seu desejo para o mundo."

Ele tirou o copo bem na frente do rosto dela. A garota rapidamente jogou a cabeça para trás, como se esperasse ver um inseto furioso escapar. No porta-copos estava desenhado o brasão de uma cervejaria, mas não ia além disso. O ventilador, que tinha acabado de roçar suas cabeças, poderia ter assoprado o cílio.

"Ah... idiota!"

"Vamos, faça um desejo. Ele vai ficar girando por aqui. Se você for rápida... Assopre. Assopre quanto puder."

A garota assoprou feito uma criança de bochechas salientes, olhando para Benny com impotência. Então ela fechou os olhos por um momento e moveu um pouco os lábios.

"Você acha que o desejo mesmo assim... ficaria inválido? E nunca mais pode ser repetido?"

"Um desejo como o seu tem que ser válido. Não tem outro jeito."

"O que você sabe...?"

"Eu tenho lido."

"Mentiroso. Lido o quê? Meus pensamentos com certeza."

"Sim. Pelos seus lábios. Você mexeu os lábios. Sei ler lábios. Bem, um pouco, mas apenas o suficiente para..."

"Nossa. O que eu faria se..."

"Pelo menos tinha a ver com a gente."

"A gente...!" A indignação parecia um álibi para seu rubor.

"Com você e eu."

"Que nada. O que eu poderia desejar da gente, exceto que me deixem em paz?"

"Se fosse esse o seu desejo, ele teria sido invalidado pelo próprio Deus porque eu falei em voz alta. Não, eu sei o bastante."

"Isso é só blefe, blefe e blefe." Ela esvaziou seu copo de uísque não diluído de uma só vez, para que sua tosse espinhosa pudesse servir de álibi para suas lágrimas.

"Esse seu desejo... eu gostaria de ajudá-la a se tornar realidade", ele tentou. "Quero dizer, por interesse próprio também."

Ela não disse mais nada. Benny podia ver pelos cantos de sua boca como o álcool estava queimando sua garganta. O ventilador parecia ter se transformado em um lento e compassivo aceno de cabeça, o cabelo da garota estava quase totalmente bagunçado; os grampos e alfinetes cravaram-se impotentes no penteado desfeito.

"Qual é seu nome?"

"Quero outra água mineral."

"Gianni, estão te chamando", Benny ouviu o cego dizer. "Estão te chamando ali no canto."

"No que posso ajudar?"

"Mais uma cerveja e uma água mineral para a senhorita."

"Não, não. Eu disse *outra* água mineral. Uma igual à anterior."

"Tudo bem, uma cerveja e um uísque de centeio."

A garota, mais precavida, tomou pequenos goles de seu uísque, porém um após o outro.

"Tome cuidado. Só se pode ficar bêbado uma vez na vida."

"Gini. Você?"

"Estou de olho em você, Benny." De repente, ele se sentiu velho demais para esse nome.

"Rima com Gini."

"Ben, na verdade, é Ben."

"Benny é melhor."

"Então pode me chamar de Benny."

"Outra mineral para mim. Não, não diga nada. Se só posso ficar bêbada uma vez na vida, por que não agora? Sr. Gianni, mais dois daquele uísque."

A garota, Gini, ligou o gravador outra vez. Ela estava bebendo seu uísque de forma ainda mais imprudente. "Arde, mas você se acostuma."
"Nunca me acostumei."
Depois do terceiro copo, seus olhos, que às vezes ficavam fechadinhos ao escutar uma de suas passagens favoritas de uma música, começaram a brilhar. "Quero dançar."
"Dançar."
"Fizemos isso na escola, mas foi há muito tempo. Quero ver as últimas danças."
"N'*Os Sapatinhos Vermelhos*?"
"Te deixaram entrar lá?"
"Só o sol não entra lá."
"O que estamos esperando, então...!"

Assim que Benny chegou ao local, o sol batia logo depois da segunda banqueta, a partir do canto do bar. Eles decidiram sair, a sua luz parecia ter acabado de escorregar do assento. Ao passar a mão na banqueta, Benny sentiu como o couro sintético ainda estava quente. O tempo passou devagar, o tempo passou rápido.
Será que era por causa da bebida que a garota, Gini, andava na frente dele de forma tão insegura, movendo-se tão desconfortavelmente? Parecia que suas roupas atrapalhavam. Ela enfiou os polegares nas axilas como se quisesse aliviar uma coceira incômoda, mas provavelmente arrumou uma peça de roupa.
"Senhorita..."
Certeiro, isto é, sem ter que tatear o ar primeiro, o cego pousou a mão em seu ombro.

"Tenho certeza de que você acha que sou um fanfarrão chato, mas confesso que peguei sua lente de contato caindo. Mas não se trata apenas de ouvir. O cheiro é tão importante quanto. Vi você entrar não apenas com o ouvido, mas também com o nariz. Cheirei seu sexo..."

"Senhor Scant, faça-me o favor de parar com essa conversa obscena de bêbado..."

"O que quis dizer, claro, o que o senhor Gianni não entendeu, é que cheirei qual era seu sexo. Também cheirei sua idade. E com esse mesmo nariz percebo que você está indo embora. Cheiro que você envelheceu bastante nesse meio-tempo. Oh, juventude feliz, em que pequenas diferenças de idade podem ser tão dramáticas. Claro, eu também envelheci desde que você entrou aqui, mas não mudei. Você, sim. Totalmente. Passe bem."

Parecia ter ficado muito mais quente lá fora, mas isso poderia ter sido devido à longa permanência na parte de trás do bar, relativamente fresca.

"Ufa... o calor dos azulejos queima as solas dos pés."

"Você esqueceu seus patins."

"Deixa pra lá. Não vamos para a pista de patinação, vamos? Eu nem me lembro de como amarrar essas coisas. Fica de presente para quem encontrar."

O uísque a tornara mais ousada. Ela colocou uma mão sobre os olhos para se proteger do sol — "ele é um remédio para dor de cabeça" — e deu passos de balé na ponta dos pés para minimizar o contato com o pavimento quente. "*Sapatinhos Vermelhos...* Maravilhoso!"

"Vamos atravessar a rua. Tem mais sombra lá."

Essa proposta indicava que ele também envelheceu desde que entrou no bar. O "lado ensolarado da rua" sempre foi seu domínio, desde que sua mãe o levou para a escola. Após os exames finais, as calçadas das ruas largas que iam de norte a sul já tinham uma boa faixa de sol no lado oeste — do outro lado do quartel já havia uma fileira de ladrilhos avermelhados de sol — e através daquela faixa de pavimento dourado, com a manga de seu uniforme escolar roçando nas paredes, ele havia ido para casa em triunfo, apenas para encontrar sua mãe taciturna e velha. (Ao esvaziar sua mochila, que tinha ficado muito pequena, entre os livros, ela encontrou uma maçã totalmente apodrecida e ressecada.) Mesmo mais tarde, quando estava ficando muito quente para andar ao sol por muito tempo, Benny Wult sempre procurava ficar no lado mais caloroso de cada rua, inclusive quando carregava uma mochila pesada no ombro. A saída do bar marcou o fim de sua fiel obstinação infantil.

Enquanto atravessavam, Gini, bamboleando algumas vezes com o uísque nas pernas, parou para arrumar as roupas outra vez.

"Sim, desculpa", ela gritou para Benny, que já estava parado na calçada sombreada, "pode não ser uma coisa bonita de dizer, mas meu sutiã está muito apertado. Vai me cortar se eu não tomar cuidado. Eu não sabia que ele ia ficar pequeno tão rápido...".

As pessoas paravam para olhá-la, algumas desaprovavam, outras eram carinhosas, outras, compreensivas. Benny — o Benny do uniforme da Força Aérea — de repente só tinha olhos para um grande *outdoor* anunciando um refrigerante: ... NOSSOS PAIS BEBIAM, INCLUSIVE À NOITE. Aquela garota? Ele não a conhecia.

O semáforo de pedestres estava vermelho havia muito tempo. Os táxis amarelos buzinaram. Gini correu pelo asfalto rindo, um braço retorcido atrás das costas, o polegar enfiado entre as omoplatas. Ela ficou com uma mancha na calça ao encostar no para-choque de um carro sujo.

"Uma amiga minha mora aqui perto. Quando saímos da escola, patinamos juntas até a porta. Ela *tem* que estar em casa. Ela era mais velha do que eu. E mais alta. Ela *tem* que me emprestar algo. Se não, não aguento."

Na esquina da rua lateral onde morava a amiga, havia um vendedor de rosquinhas salgadas. Um burro carregava a mercadoria em cestos de vime de cada lado das costas. Ele mantinha as moscas afastadas com as orelhas enroladas.

"Olha só...", Gini já estava de joelhos na frente do animal, com lágrimas nos olhos de embriaguez sentimental. Ela acariciou sua cabeça alongada, deu um tapinha no pescoço. "Meu pobre querido... usá-lo como um animal de carga...!

E por quê? Quem gosta de rosquinhas salgadas? Apenas um par de sebosos imundos, que tem receita médica para comer isso. Pobre querido, não olhe tão triste para o chão..."

Não havia outros *outdoors* para distrair sua atenção, então Benny pegou a garota pelo braço e a puxou suavemente pela rua lateral. Soluçando, tropeçando, ela continuou olhando para o burro.

"Vou trazer tanto cubos de açúcar quanto rosquinhas fedorentas... naquelas... naquelas... cestas de tortura" ela gritou. "Se ele não *parecesse* tão triste... Essas cestas estão cortando ele todinho na lateral, sabe."

Esta última frase a lembrou porque estavam ali.

"Número 113. No próximo quarteirão." Ela enxugou as lágrimas com a palma da mão. "Mais um quarteirão e o sutiã infantil teria me esfolado viva. Já colocaram uma lâmina de barbear bem entre suas omoplatas?"

"Uma vez, meu paraquedas ficou preso numa árvore. Fiquei pendurado a vários metros do chão, todo amarrado. Ficar com um arnês assim, por muito tempo, também foi constrangedor."

Quando o próximo cruzamento apareceu, ela apoiou o rosto contorcido na porta de uma garagem. Torceu os ombros para a frente e para trás. "Não aguento mais. Odeio pedir, mas você tem que me ajudar. Como bons amigos, sabe... Ah! ui! ui! Rápido, solte o fecho!"

Ela deu as costas para Benny, enquanto tirava a camiseta presa nas calças com gestos rápidos. Envergonhado, desajeitado, ele ergueu as mãos pelas costas ainda infantis, cuja pele estava pegajosa e dura, de modo que seus dedos literalmente tremiam.

"Mais alto. Rápido."

Para soltar o fecho, ele teve que puxar o elástico que corria pelas costas dela, fazendo com que o sutiã cortasse ainda mais fundo na carne. Nenhuma reclamação passou por seus lábios, mas Benny a sentiu estremecer brevemente.

"Tem quatro ganchos e quatro presilhas... Não dá pra fazer tudo de uma vez."

Quando terminou, ele não pôde deixar de acariciar suavemente o polegar para frente e para trás onde o fecho intrincado havia estampado a pele, como se quisesse aliviar a dor, uma espécie de dor de crescimento.

"Está bom. Soltou, né? Ah, então tudo bem!"

Ele retirou as mãos.

"Agora vem o pior, sabe? É como se tivesse se enraizado em mim. Não olhe."

Benny não se virou. Ela fechou os olhos e passou as mãos sob a camiseta, que estava suspensa acima do umbigo. (Uma ponta de suor brilhava no umbigo, visível apenas através dos fios mais finos de suas roupas, que se alojaram naquele recesso raso. De tudo o que posso ver apenas uma vez, pensou Benny, tenho pelo menos isso. Vou me lembrar disso pelo resto da vida. Darei qual título? "Nua atrás da teia de aranha úmida", pode ser. Talvez fosse melhor "Ela transpirava debaixo de sua minúscula peça de roupa". Tenho que contar aos amigos.) Pareceu que, sob as axilas, ela enfiou os polegares na aba do sutiã e o mexeu devagarinho. Ela aspirou o ar entre os dentes.

"Ah, que pontas afiadas..."

O rosto de Gini se contorcia enquanto ela avançava. Benny achou que, em torno de seus olhos e cantos da boca, milímetro a milímetro, surgiam discretas linhas, esculpidas debaixo de sua carne. Ele foi acometido pela mesma impotência que a comovera momentos antes, no começo da rua, com aquele burro. Ficou feliz por ela manter os olhos fechados, porque algo começou a queimar nos olhos dele. Dores de crescimento. Seu próprio corpo havia crescido há algum tempo, mas sua alma (ou o que quer que fosse, ele apenas chamava assim) crescera incontrolavelmente desde a visita ao bar, ameaçando explodir de sua concha. Será que uma alma podia bater como um coração?

A mão de Gini ficou emaranhada nos fios do fone de ouvido. Ela executou movimentos complexos que finalmente lhe permitiram remover o pequeno sutiã de debaixo de suas roupas. Ele logo se tornou um maço em suas mãos.

"Sabe...", ela disse, sonhadora. "Uma vez, quando era pequena, eu tinha uma ferida... aqui, debaixo da orelha." Ela virou o lado de sua cabeça para ele. "E quando foram tirar o esparadrapo, ele estava totalmente preso. Então fiquei com uma ferida de verdade. Se você olhar de perto, ainda vai poder ver um pouco da cicatriz. Redondinha, do tamanho de uma moeda. Você é míope ou algo assim...? Por que está tão perto? Não faça isso. Seus lábios estão ressecados por causa do sol. Estão arranhados. Espera! Onde eu estava mesmo? Em nenhum lugar. Ah, é, nunca pensei, nem quis dizer, que tiraria algum tipo de curativo... de algum tipo de ferida... Ah, deixa pra lá."

Ela caminhou até a beira da calçada, mas não deixou o sutiã cair de imediato na sarjeta. Ele se desenrolou, e ela o segurou em uma ponta por um tempo, antes de jogá-lo fora, casualmente, indiferente. Parecia mais que o estava perdendo — e claro que estava.

Gini colocou o pequeno fone de ouvido de volta na cabeça e ligou o gravador. Então ela andou na frente de Benny. Sua camiseta pendia desarrumada, amassada, sobre suas calças. De tempos em tempos ela levantava as mãos, em um gesto de incredulidade, para colocá-las por um momento em volta dos seios. Seu andar, ainda por conta do uísque, desviou-se para a esquerda, mas, assim que ameaçou bater em um carro estacionado, ela cambaleou para reajustar seu curso.

Quando saiu, surgiu outra garota. O cabelo, firmemente penteado para trás e terminando em uma trança dura que se levantava ligeiramente na ponta antes de cair na nuca, agora parecia menos avermelhado. Os fones de ouvido desapareceram. Em volta do pescoço, ela usava um apito de contramestre prata com um cordão de couro preto.

"Você acha que o vestido está muito grande em mim? Foi o único trapo *meio* decente que encontrei na tenda da Thelma."

Ela sacudiu as mãos, os dedos abertos, e então soprou as unhas. Acima do olho esquerdo, seus cílios tinham impresso uma linha preta pontilhada de rímel na sombra verde *kiwi*. O batom vermelho tijolo foi aplicado de tal forma que seus lábios pareciam mais finos do que grossos.

"'Já tenho um *brassière*', como disse Thelma, a Boba. Mas está um pouco grande. Também não vou dizer que enchi os bojos. 'Assim você tem um estoque', disse Thelma, a Cruel. Sim, e essas sapatilhas... eu não vou dançar de salto alto. Com certeza, não com os dela. Um tipo de tamanco em que o salto parece um prego. Não vou de jeito nenhum."

Caminharam em direção à avenida. Enquanto esperava para atravessar, Gini respirou na palma da mão.

"Thelma, a Alarmada, fez um escândalo falando do meu hálito de álcool. Bem, não estou nem mais notando o uísque."

Era verdade. Ela não andava mais como um caranguejo, porém, a maneira como mantinha a cabeça erguida, quase imóvel, ainda era suspeita.

"Você acha que eu perdi a chance de ficar bêbado?"

"Ainda tem tempo."

"O que você aprendeu na escola? Por exemplo, eles nunca me contaram o que acontece com alguém que bebeu uma vez e tenta de novo."

"A pessoa morre na segunda tentativa. Na melhor das hipóteses, fica demente, e então vegeta um pouco. Surge um buraco no estômago. O intestino desfia. O fígado explode... Fica completamente decrépita. O corpo humano tem resistência suficiente para vencer apenas uma embriaguez, como foi permitido por Deus. Somente uma única embriaguez, depois nunca mais."

"Então, é como no..."

"Sim, a mesma coisa."

Felizmente, ela foi distraída por um gato que pulou no capô de um carro estacionado e miou lamentosamente porque o metal exposto ao sol ficou quente demais para que se deitasse. Não lhe ocorreu pular para a calçada, mais fria. Ele levantou uma pata diferente a cada vez, se sacudiu, lambeu, como se fosse uma maneira de remover o calor.

"Ah, as patinhas estão todas queimadas... Quem mandou você ficar em cima de um ferro, seu bobo?"

Quando ela quis acariciar o pelo preto, rapidamente retirou a mão. Até Benny, que estava esperando a um metro e meio de distância, ouviu o estalo seco.

"Que danadinho. Até meu cotovelo...!" E se voltou para Benny: "Quente, a pele está *quente*. Esse bicho simplesmente é um cabo de alta voltagem ambulante."

Com aquele "a mesma coisa que com..." em suas cabeças, eles foram em silêncio à discoteca. Agora que estavam em um bairro que conhecia melhor, Benny percebeu quanto a aparência da cidade havia mudado durante seu tempo no bar. Pendia até o chão uma fina névoa de areia e poeira que, depois de uns dez metros, pintava de branco os sapatos de verniz azul-escuro de Gini (Thelma). Por cima daquela neblina que se movia suavemente, em que o sol se agitava aqui e ali, as novas construções erguiam-se altas e esguias, entre andaimes férteis. Ao redor, dezenas, centenas de gruas amarelas e vermelhas faziam uma espécie de dança angular. Dois homens de capacete estavam tranquilos em uma viga de aço — pendendo em equilíbrio, mas pesada — e foram içados a quarenta, cinquenta, cinquenta e oito andares.

No meio da manhã, durante a última visita de Benny ao bairro, os arquitetos ainda se atinham a uma portaria municipal que determinava que os edifícios, por mais altos que fossem, deveriam terminar em uma ponta de lápis afiada, para que futuramente, quando o calor e a luz fossem menos abundantes do que eram agora, se permitisse que o sol penetrasse até os desfiladeiros estilizados da cidade. A ordenança, nesse ínterim, aparentemente foi revogada, porque os arranha-céus estavam cada vez mais altos, sem que uma ponta de lápis aparecesse em qualquer lugar do céu.

Abrindo o olho mágico da porta, do tamanho de um selo, a luz do sol bateu como uma flecha no olho do porteiro.

"Duas pessoas. Eu tenho um cartão. Ela é minha convidada."

"Tudo bem."

O sol ficou do lado de fora, mas, como o olho mágico havia sido deixado aberto, ele ainda os perseguia com um dedo muito longo. No final do corredor, uma porta acolchoada dava acesso à danceteria propriamente dita. Um espaço sagrado, onde a escuridão era honrada, bem escasso, vulnerável somente pela luz tênue de alguns focos.

Ao redor da pista de dança, que estava vazia, exceto por alguém bebendo imóvel, havia principalmente garotos e rapazes sentados nas mesas. Eles não conversavam entre si, porque a música estava muito alta.

"Eu conheço essa", Gini gritou. "Thelma, a Benigna, me mostrou recentemente. É bem nova."

Ela começou a dançar, e alguns dos garotos se levantaram para se moverem com ela na beira da pista de dança. Cada um teve a impressão de que ela estava dançando só com ele. Benny se sentou no bar e olhou para ela. Ela dançava rapidamente. A trança chicoteava suas costas, os ombros, o topo de sua cabeça; quando girava, a trança batia nas orelhas. Era como se estivesse tentando se esquivar da surra que ela mesma provocava. Às vezes, até ficava com as pernas abertas e, em seguida, empurrava o tronco para a frente de maneira tão intensa que a trança — balançando — tocava suas nádegas.

Os focos se apagaram. Tubos de neon piscaram, espalhando um brilho violeta que iluminou as camisas brancas dos garotos. O vestido de marinheiro de Gini também brilhava, enquanto sua cabeça e seus membros permaneciam escurecidos, quase invisíveis, exceto pelas unhas de madrepérola, que esvoaçavam na escuridão em dois grupos de cinco vaga-lumes. A maior parte do tempo ela dançava com os olhos fechados, mas às vezes buscava o olhar de aprovação dele. Depois, ria, exibindo o branco dos olhos e dos dentes.

O local ficou mais cheio. Estudantes, universitários, muitas garotas também, com novas músicas, novas danças. Os tempos mudavam sem parar. Gini aprendia rápido, enquanto girava. Era óbvio que ela sentia prazer, passando com fluidez por cada dança, da mais antiga à mais moderna, que copiava da garota que via ao lado. De vez em quando ia ao bar, com as bochechas ardentes, e bebia o uísque de Benny, puxando o vestido que grudava no corpo. Também puxava constantemente a barra para baixo.

"A barra fica subindo", ela gritou em seu ouvindo, "culpa da desgraçada da Thelma, você sabe quem. Superempoeirado! Deve ser da marca Krimp & Kreuk. Estou muito incomodada".

O que ela não percebeu, Benny percebeu: ela tinha ido mais longe. Era a maneira mais casta de se despir — através do crescimento, embora desta vez sem dor, ou, com algum outro tipo de dor.

Finalmente Benny se deixou levar para a pista de dança, mas, antes que ambos chegassem lá, o DJ já havia colocado outro disco, algo lento e atemporal. Agora ele tinha que forçá-la a dançar, pois era necessário que os corpos se tocassem.

"Melhor não. Estou toda pegajosa e grudenta. Não estou normal. Devia haver chuveiros em cima da pista de dança."

A agilidade com que ela tinha dançado até então se tornou uma torpe rigidez; inclinou as pernas para trás, a fim de evitar colar seu corpo no dele. As mãos dela pendiam de seus ombros, com as pontas dos dedos curvadas, ao invés de nele repousarem. A dança consistia principalmente em uma bochecha quente encostada em uma orelha. Era o suficiente.

Ela não cheirava a suor. Sua transpiração exalava outros odores, quase como em sua primeira infância, quando passou pela primeira vez por um parque. O orvalho da manhã não cheirava a orvalho da manhã, mas à grama e arbustos, odores liberados com a evaporação do orvalho sob os primeiros raios de sol. Quando Benny descolou a bochecha da orelha dela, a fim de colocar o nariz sobre o cabelo bem penteado, de onde saía um cheiro quente... sim, cheiro quente de quê? Gini jogou a cabeça para trás e o mirou com um brilho nos olhos.

"*Que* sede...!"

Mais água mineral. Mais uísque também. E nada de uísque de *centeio*.

"Onde...?"

"No parque."

"Parque?"

"Você queria ir lá."

"Mentiroso!"

"Será bom sentir ar fresco depois de ficar dançando num salão enfumaçado."

"Loucura... Eu estava com os olhos fechados e vi... sim, vi, vi todos os animais do zoológico. Também tinha animais que eu nunca tinha visto no zoológico. Como um burro..."

"Você estava sonhando."

"Ah, idiota, sonhando... nossos avôs e avós sonhavam, num período muito sombrio para viver normalmente. Eles dormiam e, enquanto dormiam, sonhavam. Meu pai ainda se lembra do que o pai dele fazia..."

"Você acabou de dormir. Muito pouco, mas o suficiente para poder sonhar."

"Dormir? Eu?"

"Feito um gato no parapeito da janela."

"Mas eu não estou doente, estou?"

"Foi o uísque."

"Eu sei. Por que aquele pobre burrinho teve que dançar... não, fazer uma viagem muito longa por uma espécie de planície montanhosa de carros muito próximos uns dos outros e nesse calor escaldante... Me diz, Benny..."

"Finalmente você falou meu nome."

"Me diz."

"O quê?"

"Você sabe muito bem."

"Não. O que deveria dizer?"

"O que aconteceu. Quer dizer, o que *não* aconteceu. Diga que não aconteceu."

"Se estou te fazendo um favor respondendo... Bem, não aconteceu. Nunca."

"Não, sério. Nós não... não? Diga que não nos beijamos. Vamos, diga."

"Então você não se lembra?"

"De jeito nenhum."

"Então por que eu deveria...?"

"Porque tenho uma vaga... eu estava pensando. Só estava me perguntando."

"Que estranho. Agora que você, aparentemente, não tem mais memórias daqueles beijos, eles são mais valiosos para mim. Mais exclusivos."

"Oh, não diga isso... Provas. Quero provas."

"Só porque você não se lembra, não significa que não sinta os efeitos colaterais. Sua boca e queixo ainda estão ardendo? Me lembro de reclamar muito dos meus lábios rachados."

"Se meus lábios estão ardentes e rachados, é de ficar sentada um tempão no sol quente."

"Bom, não vou mais te perguntar sobre os outros efeitos."

"Meus anéis estão apertando. Daqui a pouco você vai me dizer que ficamos de mãos dadas também."

"E não foi só isso. Você pegou minha mão e a passou por seu corpo. Os anéis do seu dedo me machucaram, porque tentei resistir."

"Que supermentiroso! Ah, Benny, a embriaguez e aquela outra coisa... é como se uma tivesse devorado a outra. Como posso me expressar melhor? É como se uma intoxicasse a outra. Faltou tão pouco. Isso me deixa triste. Todas essas coisas legais que só acontecem uma vez..."

"Para. Não é verdade. Não pode ser verdade. Desde que você consiga se lembrar... Olha, pensar é dar continuidade, entende? Pensar é a negação de toda singularidade. Continuidade, exatamente o que eu... Por que você está sentindo o cheiro da sua mão? Está tentando cheirar meus beijos?"

"Que fedor! Não, quero sentir se estou com bafo de bebida."

"Olha, uma pessoa pode pensar tudo. Todas as combinações possíveis de coisas. Inexistentes, inclusive. Mas o que ela não consegue imaginar... o que não consegue pensar é o que está acontecendo, e do que faz parte, não, do núcleo mesmo... essa paixonite, por exemplo."

"Benny, eu não ouvi nada. Meus ouvidos estão tampados."

"... que isso passaria sem nunca mais voltar. Não dá. Impossível. Porque implicaria a negação do pensamento. Pensar garante a continuidade de tudo. Então, Gini, fique pensando em todas essas coisas, e elas não vão desaparecer. Os pensamentos..."

"Eu não parecia vesga quando estava bebendo, não é? Uma vez, me contaram de alguém que..."

"Você cerrou os olhos muito docemente."
"Ah, não fale. Não fale isso."

Quando se levantaram do banco, a silhueta irregularmente serrilhada da cidade ao redor havia mudado outra vez, enquanto a vegetação do parque empalideceu. Alguns caminhos até eram intransitáveis, cobertos de mato, como no conto de fadas da Bela Adormecida. Gini confessou achar misterioso que conhecesse aquele sonho só de ouvir falar: "Agora não mais, claro. É outra coisa que se acaba." Além disso, o município já havia iniciado a poda, com alicates e serras elétricas. Algumas árvores estremeciam agitadas, temporariamente habitadas por homens em macacões laranja. Dezenas de esquilos fugiam.

Um pouco mais tarde, naquele dia, eles estavam — vestidos — lado a lado na praia onde o avô de Benny havia morrido.
"É incrível que alguém faria qualquer coisa por isso... Até sacrificaria seu débil coração por isso... para poder experimentar um evento especial pela primeira e última vez. A aparição dessa coisa de que nós, há muito tempo, estamos fartos."
Ao dizer isso, em um tom um tanto amargo, sua mão começou, naturalmente, a procurar a dela. Levou muito tempo, mas quando a encontrou — bem mais abaixo do que o estimado — foi de maneira inesperada, tropeçando, com unhas arranhando desagradavelmente.

"Ah, você continua me provocando, seu chato e valentão..."

Ela já tinha retirado a mão quando percebeu que o gesto de Benny, apesar das marcas de unhas, pretendia ser terno ou reconfortante.

"Tirano", foi tudo o que Gini disse antes de começar sua busca.

Na areia quente, em pouco tempo, as duas mãos jogavam um jogo que pouco tinha a ver com aquele de tocar piano, agora num passado distante. Enquanto Benny e Gini estavam deitados na praia, ao sol, com seus corpos totalmente imóveis e de olhos fechados, seus dedos se entrelaçavam e perfuravam um ao outro, formando tranças efêmeras... No início parecia a impetuosa inocência do passarinho que se banha na areia, mas aquilo tornou-se cada vez mais um jogo ambíguo, em que os dedos se transformavam em braços e pernas, retratando os membros rodopiantes de dois amantes... empurrando, apertando, intensificando o agarramento... Quando Gini percebeu que aquelas mãos de marionetes agiam de maneira independente — ainda que fossem dependentes dos corpos aos quais estavam presas —, ela se soltou e se levantou.

"Eu tenho que ir para casa. Ainda não voltei para casa depois da escola. Meus pais vão ficar preocupados. Se eles ainda estiverem vivos..."

"Eu tenho que voltar para o quartel. O que você vai fazer depois?"

"Estudar, talvez."

"Vou te escrever."

"As pessoas ainda mandam cartas hoje em dia? Bem, estou curiosa."

 Quando Benny Wult passou pelo bar a caminho da rodoviária e olhou lá dentro, viu que o cego ainda estava parado no mesmo lugar. Ele havia tirado a jaqueta e estava levantando o braço para sentir o cheiro da mancha de suor sob a axila. Estava mais ocupado ainda. Ao fundo, Benny avistou um grupo de trabalhadores da construção civil vestindo macacões com pó de cal. Os homens se afastaram do bar para aproveitar melhor o ventilador.

O retrato oval

Passaram alguns minutos. Eram quinze para as onze. O endereço de onde Benny havia recebido uma carta correspondia a uma casa ou um albergue para alunas. Ele olhou para a fachada branca, que contrastava lindamente com a monocromia do céu de verão. Tinha pelo menos vinte andares.

Atrás da mesa telefônica, no corredor vazio, estava sentada uma porteira, vestindo uma blusa de botão alto e um crachá preso ao peito.

"Senhorita Gini Trades, o senhor disse? Deixe-me anunciar sua visita." Ela pegou o fone e pressionou as teclas.

"Ah, não, não avise." Benny não tinha certeza se Gini queria recebê-lo. "Pensei em fazer uma surpresa. Com as flores, sabe..."

A porteira olhou desconfiada para as flores, que não estavam frescas, e das flores olhou para o gorro de oficial, em sua outra mão. No final, ela ficou intimidada pelo uniforme dele. "Décimo quinto andar. Quarto 1524." Ela apontou. "O elevador é ali."

"Obrigado."

A velocidade com que ele foi arremessado pelo poço estreito até o alto do prédio aumentou aquele formigamento nostálgico em algum lugar entre o estômago e o reto. (Gini, pequena Gini.)

Pelos corredores do décimo quinto andar, Benny Wult seguiu as setas até os quartos pares. Não havia nenhum ornamento. Nenhum recipiente com plantas (nem mesmo de plástico), nenhuma gravura nas paredes, nada. Apenas, a cada poucos metros, uma lâmpada de teto com uma sombra de vidro leitoso e em cada canto uma mangueira de incêndio. As paredes eram brancas, as portas bege. Os quartos deviam ser perfeitamente isolados ou até mesmo acolchoados, porque não havia som em nenhum lugar do corredor.

Benny ficou bastante tempo auscultando o número 1524, mas não ouviu nada. Ele bateu na porta. Não foi aberta.

"Exijo que você esteja em casa", ele disse suavemente. "Nossa manhã está voando. Vamos."

E ele bateu mais forte — sem sucesso. Quase chorando de arrependimento, de repente, descobriu o pequeno botão da campainha à direita. Ele pressionou, embora sem ouvir uma campainha tocar. Quase imediatamente, de forma bem audível, uma porta se abriu, mas não a que estava esperando. Devia haver uma segunda porta, logo após a numerada, uma que não tivesse isolamento acústico.

"Quem é?", a voz de Gini falou um pouco assustada.

"Benny Wult."

Silêncio.

"Oh, meu Deus, não... Benny... Oh, não, Benny, não pode ser. Agora não. Ainda não. Quero dizer...", gemia como uma garota que tivesse tido sua maquiagem estragada. "Ah, garoto. Como você faz isso? Espere um pouco."

Aparentemente, ela deixou a porta interna aberta, porque Benny a ouviu correr pelo quarto, mancando em uma perna (com a outra na perna da calça?), esbarrar em uma cadeira, cujas pernas arranharam o chão.

Ofegando levemente, com um sorriso um tanto assustado, momentos depois, Gini estava na frente dele. "Desculpe, acabei de sair do banho. Eu estava muito suada."

Seu cabelo, molhado e despenteado, grudava em sua cabeça, que agora parecia muito menor do que com o corte de cabelo flamejante sob o ventilador. Em todo caso, ela parecia debilitada assim, descalça e com um cabeçote no pescoço fino e os ombros estreitos em um roupão de pano fino.

"Você tinha que me ver assim..."

Ela lhe lembrou da mascote de seu esquadrão: um cachorrinho peludo que, uma vez, equilibrando-se na beira de uma banheira, perdeu o equilíbrio e escorregou na espuma. Quando o pegaram, ele estava um tanto trêmulo, fino e irreconhecível, do tamanho de um coelho esfolado.

"Você tinha que ter vindo justo agora..."

Por mais inocente que ele tentasse parecer, será que ela podia ver em seus olhos que havia chegado a hora? Pressentiu? Farejou? Ele parecia bastante inocente com aquele buquê de flores murchas na mão, mas Gini recuou — literalmente —, batendo na cadeira outra vez. A cadeira fez um som estridente — quase um grito — no linóleo, enquanto as pernas de metal tinham desgastado as tampas de borracha.

"É muito cedo, Benny. Tem uma garota na sua frente."

Sob o roupão curto, o que o surpreendeu, Gini vestia uma meia-calça escura e sem costuras que lançava uma sombra sinistra sobre as pernas, totalmente ao contrário daquele "acabei de sair do banho". Benny quase se sentiu mal com a suspeita.

Gini, pálida, observou ansiosamente enquanto o alto oficial da Força Aérea fechava as duas portas atrás de si e entrava na sala. Ele colocou as flores na cadeira. Enquanto Gini estava ali na frente do parapeito, de costas para a janela, ela realmente parecia apenas uma colegial, de tão magra. Ela agarrou o punho do roupão. Seus dedos puxaram cada vez mais o material na dobra de sua mão em pequenos movimentos de agarrar, de modo que a manga apertava cada vez mais em torno de seu braço estendido, expondo parte do ombro.

Benny *tinha* que tocar aquela clavícula protuberante, de preferência aos beijos. Somente quando ele a mordeu de leve, não com os dentes, mas com os lábios apertados, Gini percebeu que estava parada com um punhado de mangas amassadas. Quase violentamente, ela colocou o pano áspero do roupão entre a boca dele e sua pele.

"Não *dá*, mesmo. Ainda não estou pronta."

"Mas você gosta disso, né?"

"Acho que sim... Mas se perdermos a paciência... não poderemos mais repetir o ato."

"Eu sei."

"... e ainda não estou pronta. Senão, não me importaria."

Pelas janelas duplas, o tráfego da cidade lá embaixo era quase inaudível, mas, de repente, um helicóptero voando alguns andares acima soou assustadoramente próximo. Gini, de olhos bem fechados, tampou os ouvidos com os dedos médios por um momento, sussurrando: "Odeio isso."

Assim, ela não podia ver nem ouvir que Benny (para quem o helicóptero era de fato o ventilador *deles*) estava novamente se aproximando dela. Quando ele, com muita lentidão e ternura, afastou as mechas molhadas de seu fone de ouvido com a ponta dos dedos, Gini virou-lhe o rosto — um gesto de repulsa, mas ao mesmo tempo convidativo, pois agora ela o deixava brincar livremente com aquela cavidade auricular intrincada que nunca o fascinara tanto quanto agora.

Benny continuou a circular a concha branco-rosada, ainda úmida do chuveiro, com o dedo mindinho. Não estava serrilhada como as conchas na praia onde seu avô havia morrido, mas finamente sulcada e aparada com uma penugem delicada. A ponta de seu mindinho naturalmente voltou, duas ou três vezes, àquela órbita elíptica no lóbulo da orelha. A espuma crepitante do xampu que sobrou rastejou para fora do canal auditivo em direção à ponta de seu dedo, até que ele não conseguiu mais se conter e seu dedo mindinho introduziu-se o mais fundo possível na cavidade.

Gini estremeceu de leve, e Benny deixou o dedo subir aos poucos de volta à superfície, passo a passo, espalhando o xampu em todos os sulcos da orelha. E toda vez o dedo mindinho voltava para a protuberância maravilhosa acima do lóbulo da orelha, para o único aperto em toda aquela suavidade. Quando ele quis repetir toda aquela viagem do dedo com a língua, segurou Gini com os dois braços. Benny sentiu o gosto ensaboado do xampu e outra coisa: o agridoce do fundo da cavidade auricular.

Benny tinha pouca ideia de em que tipo de ritual estava envolvido, mas logo percebeu que suas roupas não foram feitas para esse jogo. Ele já havia sentido aquela dilatação durante seus sonhos, mas não a firmeza dilacerante de agora. Seu sexo havia deslizado, um tanto desafortunado, pela perna curta de sua cueca até alcançar o espaço estreito entre a coxa e a calça do uniforme, e parecia querer se prolongar até o joelho. Mas parou em algum lugar no meio do caminho, em uma posição quase dolorosa e inquieta, depois continuou ardente contra sua coxa, naquele esconderijo secreto para a pistola ou a garrafa de uísque.

Gini, entendendo melhor que o próprio Benny o que ele havia sugerido para ela, virou-lhe o rosto outra vez. "Você é um sem-vergonha, um encantador. Mas não posso."

Por um momento parecia que ela ia afundar no chão de tanta raiva e impotência, mas tudo o que ela precisava fazer era morder o lábio inferior, com tanta força que uma gota de sangue do tamanho de uma joaninha apareceu ali. Benny viu lágrimas pela primeira vez desde que sua mãe o levou para a escola.

"Se fizermos isso agora, não poderemos fazer de novo, e eu nunca terei um filho. Ainda não sou uma mulher."

"Entendo."

Mas como deter o imparável que já havia começado? Como reverter o irreversível? Eles foram arrastados. O livre-arbítrio havia se tornado teoria.

Gini ainda estava de costas para a janela, sem se entregar, sem resistir. As mãos de Benny fizeram alguns movimentos por conta própria, o oposto do que vagamente lhe ocorreu. Pelas costas de Gini, ele puxou as cortinas com as duas mãos ao mesmo tempo, então, por assim dizer, seguindo aquele gesto, afastou as duas metades do roupão dela. O cinto subiu ao longo de sua cintura.

"O calor dilata, o frio contrai", ensinaram-lhe durante sua educação naquela manhã, e essa sabedoria física também marcou a transição para as lições, às vezes enigmáticas, de biologia humana. "Uma das maravilhas do corpo feminino é que com as mesmas carícias ele se contrai e se dilata ao mesmo tempo."

Por enquanto, Benny só podia sentir Gini encolher sob suas mãos, e isso já era um milagre, um encolhimento e um endurecimento concentrados naquelas duas ramificações da parte superior de seu corpo. Era como se os fios estivessem emaranhados em um nó apertado logo abaixo da pele ao redor dos mamilos. Como se na resistência passiva de sua nudez, ela mesma criasse uma minúscula couraça de cordas retorcidas e couro marrom enrugado, com a qual se cingia.

A contração dos seios de menina deixou Benny quase agoniado de curiosidade sobre o processo de dilatação complementar. Se a pele se contraísse ali, teria que se abrir em outro lugar.

"Espere aí..."

Depois de se desfazer da fivela do cinto, Benny — em um caminhar terno, mantendo-se perto de sua pele — caminhou ao redor de Gini, para tirar melhor seu roupão.

"Oh, não" ela gritou de repente, tentando colocar o roupão de novo. "Morro de vergonha. Tinha que ser tão rápido...?"

Com Benny em suas costas, Gini podia se ver na porta espelhada de seu guarda-roupa. "Ah, que horrível."

Olhando por cima do ombro de Gini, ele entendeu o que ela queria dizer. Gini não estava usando calcinha, somente meia-calça. Sua visita inesperada a fez vestir apenas a meia-calça, às pressas. Através do tecido de malha fina, que se fechava firmemente acima do umbigo, uma mancha escura brilhava na parte inferior de sua barriga com contornos um tanto desfiados, vagos e planos como uma foto de jornal. Benny sentiu seus braços estendidos lutando para retornar às mangas.

Com aquela membrana sintética, ela quis se proteger dele, e quem sabe de sua própria inflamabilidade. Mas a ausência das calças a deixava nua em pelo.

"Oh, estou envergonhada... estou morrendo de vergonha."

Incapaz de colocar o roupão de volta, ela rapidamente se libertou das mangas para cobrir com as mãos aquela embaraçosa mancha de tinta. No caminho, as mãos mudaram de direção e, finalmente, acabaram parando em suas bochechas ardentes.

"... *para estancar o rubor...*"

Sua falta de defesa, seu embaraço, eram infinitamente maiores do que no bar, e o mesmo ocorria com a ternura que Benny sentia — mas era uma ternura mais pesada, semelhante à saudade que ele sentiu ao subir o elevador. Ele olhou para seus pelos pubianos achatados, que pareciam flutuar soltos de seu corpo.

"Não diga isso, Gini. Quero você assim e não de outra maneira."

Ele queria ver sua carne íntima se libertar daquela foto anônima de jornal subexposta, tornar-se viva... Capaz apenas de dar pequenos passos, por causa daquilo que, duro e incandescente, pressionava em sua coxa, ele a empurrou gentilmente em direção à cama.

"Benny... você não vai me impedir de ser mãe, vai?"

"Não, não. Me deixa te olhar. Só quero ficar te *olhando*."

De pé na frente da cama, como se estivesse em uma última tentativa de proteção, Gini levantou nervosamente a meia-calça mais uma vez, suas pernas fazendo um passo de balé de madeira. Ela a puxou com tanta força que a costura preta entre suas nádegas desapareceu.

Gini virou-se para Benny, mas não o mirou. Com os olhos no chão, os braços pendurados ao lado do corpo, ela ficou ali tremendo por um momento, e então, como alguém pulando de uma ponte, de repente caiu para trás. Ela puxou as pernas para cima, os joelhos bem separados. O gesto parecia contradizer o resgate assustado da meia-calça pouco antes, mas mesmo nessa posição ela se sentiu protegida pela membrana escura.

Só agora Benny percebeu o intrincado sistema de costura que tal roupa implicava. A costura preta grossa que descia verticalmente pela barriga e a costura que descia pelas costas e seguia a divisão entre as nádegas não se encontravam ali em algum ponto secreto, como ele esperava. Não, elas se prenderam, acima e abaixo, a uma costura que, esticada entre as coxas, formava um oval impecável. Lembrava aqueles típicos porta-retratos ovais que contêm uma velha foto de família rosa ou uma borboleta presa com alfinetes.

    Deitando-se, puxando as pernas para cima, a meia-calça se moveu um pouco, de modo que o tecido esticado deslizou cerca de meio centímetro dentro do oval. Quase tudo era imperceptível no crepúsculo, mas de dentro da moldura — e isso fez Benny arder — surgiu um bordado prateado. Era uma combinação de duas manchas vítreas, que não combinavam totalmente. Uma, a mais baça, grudara no interior, a outra penetrara na malha fina, reluzindo no raio de luz que as cortinas ainda deixavam entrar.

    Benny, comovido, só queria ficar olhando. Ele não percebeu sua mão acariciando a perna de Gini até que o náilon crepitou suavemente em seu joelho e ele sentiu um formigamento elétrico na ponta dos dedos. Ele retirou a mão e, sem saber exatamente o que fazer, colocou-a de costas no oval, e esfregou-a suavemente de um lado para o outro. A mancha pegajosa já havia esfriado, não tinha mais a temperatura corporal, mas com a mesma mão ele ainda sentia o calor penetrando no náilon, feito uma caudalosa fonte de prata líquida.

    A visão daquele bordado espontâneo, daquela rosa de prata... autorretrato da virgem numa moldura oval... Benny tentou reter a ideia de pensamento de unidade absoluta — "isso não pode recomeçar!" —, do passo irrepetível de tudo aquilo. Permaneceu um pensamento abstrato, incapaz de aumentar ou diminuir sua comoção. Sua comoção, que havia tomado a forma de um ardor que podia ser sentido por todo o corpo, não se importava com essa irrepetibilidade.

Veja... Benny se ajoelhou ao lado da cama, aproximando o rosto do oval, onde o local agia como um pequeno banco de neblina bloqueando a visão do que havia atrás, onde havia um crepúsculo subaquático, cheio de vegetação submersa. Surgiu um odor que só poderia ser descrito pelo gosto salgado de desejo que instilou em sua boca. Ele queria ver mais dela.

"Espere aí..."

Por timidez, sentindo o fogo do olhar dele percorrer sua pele, Gini repetiu o ato que deveria protegê-la sem saber que aquilo lhe dava mais prazer ainda: puxou a meia-calça para cima.

Embora essa fosse a vontade de suas mãos, o puxão não veio com um solavanco repentino. A elasticidade do tecido exigia um movimento fluido. Era como se o oval, com sua membrana tensa, permanecesse no lugar, e o corpo atrás dele empurrasse para a frente, mas lenta e graciosamente.

O que Benny viu o fez lembrar de uma daquelas lagoas opacas e imóveis, nas quais das profundezas escuras, do meio de um emaranhado de plantas, de repente, surgia um peixe de lábios rosa-azulados, que tocava no ar, muito ternamente, sem fazer a menor rusga na tensa superfície da água, e deixava para trás a mais delicada trilha de bolhas que se pode imaginar...

Um rastro espumoso de bolhas delicadas, era mais ou menos o que aquele beijo úmido deixou para trás na membrana cinza. O contínuo movimento da meia-calça fez com que Benny observasse o outro lado da boca fina do peixe, cujas nadadeiras moviam-se suaves ao afundar, não a uma profundidade invisível, mas ainda no crepúsculo de uma foto negligenciada de jornal.

Assim que o retrato foi concluído em sua moldura oval, ele teve que ser destruído outra vez. Assim que Benny viu sua imagem mais íntima, seu corpo envolto em alma, ele a quis nua na sua frente.

"Benny, o que você está fazendo? Você só queria... olhar."

"Eu só estou te olhando."

Toda a escuridão tinha que ser afugentada. Ele enganchou os dedos sob a borda da meia-calça nas costas dela. Com as mãos em zigue-zague, os dedos às vezes soltando um estalido suave, Benny simplesmente apagou as sombras que cobriam a barriga e as pernas de Gini de cima a baixo. Até que aquela sombra finalmente desmoronou como um biscoito carbonizado até os dedos dos pés.

Ao contrário do que se esperava, ela parecia menos nua, mas também podia ser porque suas pernas estavam comprimidas. A fina faixa de sol que penetrou na abertura da cortina cortou seus joelhos e atingiu seu ventre. Os cabelos loiro-avermelhados, pressionados contra a pele pela meia-calça, estavam estaticamente eriçados enquanto balançavam na luz quente, um a um, um fio de cada vez.

Isso comoveu Benny, e ele aproximou o rosto, a fim de sentir o cabelo rebelde balançando em sua boca. Quando Gini viu o que ele viu, os dois riram, e seu corpo relaxou. Era igual quando uma corda esticada tem um fio cortado: as fibras se desenrolam do trançado e voltam à sua condição felpuda original. Ali, era o sol que passava uma faca sobre o vime, mas com muita delicadeza: era apenas um toque simbólico.

Agora que o sol havia se adiantado, Benny não precisava mais desembaraçá-lo. Os fios de sua trança foram se soltando, exceto onde ela, graças a sua magnífica viscosidade, os mantinha no lugar. Benny a viu aberta, rosada e brilhante, como só o segredo das coisas pode brilhar. Seu sexo, confuso e apertado em suas roupas, ainda apontava para baixo, sacudindo involuntariamente, como um ser forçado a se ajoelhar profundamente na poeira, mas com o coração batendo impaciente, disposto a pular a qualquer momento.

Benny fazia amor com os olhos, não com o sexo. Mas mesmo aquele olhar com o qual ele a penetrou, enquanto ela era apenas uma garota, resultou curto e irrepetível. Agora que as sombras haviam sido varridas da parte inferior de seu corpo, em plena luz, Gini revelou outro milagre único, terno e horrível ao mesmo tempo.

Ela se tornou uma mulher. Sua fertilidade estava garantida. Tão profusamente que Benny virou a cabeça e se levantou, também comovido.

"Acho que chegou a hora, Gini."

Ela logo entendeu.

"Ah, graças a Deus. Não muito tempo atrás... pouco antes de você vir aqui... eu estava implorando em voz alta para que demorasse um tempo. Eu não queria que fosse tão cedo. Sabe? E agora... agora é nossa salvação. Não me nego a ter um filho antecipadamente, e isso é bom. Mas você tem que ter um pouco de paciência. Acho que não vai demorar muito..."

Benny se retirou e foi até a janela. Então ele a deixou sozinha para que ela estancasse seu novo segredo, que se manifestou tão abundantemente... para que ela se purificasse... até que aquilo acabasse de vez. Ele rearranjou suas roupas para que sua luxúria continuasse pulsando até que Gini estivesse pronta para recebê-lo.

A casa (ou albergue) ficava em uma avenida que desembocava no lado norte do parque, não muito longe da esquina da rua que o cruzava. O quarto de Gini tinha uma bela vista daquele retângulo verde cheio de árvores que pareciam saídas de uma maquete.

Assim que Benny abriu um pouco mais as cortinas, um forte vento bateu em uma parte do parque, vindo sabe-se lá de qual barranco de prédios altos do outro lado. Durante toda a sua vida, ele tinha visto árvores imóveis — exceto por aquelas próximas à água, onde às vezes se moviam suavemente — e agora algumas delas, ali nas profundezas, foram violentamente sugadas e puxadas por forças invisíveis. Mas a essa distância as copas pareciam se mover muito lenta e uniformemente, com galhos subindo e descendo ao mesmo tempo, acenando para um lado, e como não havia farfalhar e o vento era inaudível, Benny se lembrou das plantas aquáticas levantando-se silenciosamente na corrente submarina.

Momentos depois, a rajada de vento havia diminuído de novo. As árvores voltaram ao seu estado original de rigidez. Agora, apenas os inúmeros guindastes amarelos e vermelhos que balançavam por toda parte entre os prédios faziam movimento na paisagem urbana. De vez em quando, um prédio explodia de uma maneira nada espetacular, com cargas de dinamite carregadas de tal forma que ele ficava de pé, flácido, desmoronado, sem fragmentos voando. Uma implosão em vez de uma explosão. A única coisa que resistia à luz do sol por muito tempo era uma coluna transparente de poeira, na qual os contornos da estrutura original podiam ser vagamente reconhecidos.

Benny olhou para as sombras que, desiguais em comprimento, mas perfeitamente alinhadas, atravessavam o parque no lado leste. Esse complexo de sombras, ele pensou, foi alterado pela demolição de prédios antigos e a conclusão de novos, e não pela mudança do sol.

"Benny, querido Benny..."

Ela sabia que tinha acabado. Ele não se virou imediatamente.

Ele fechou as cortinas novamente e tirou o uniforme com movimentos rápidos, ficando nu de costas para ela. Era como se lá embaixo, naquela torre de sangue, ressoasse um sino de bronze, com batidas lentas solenes que zumbiam em seu peito, em sua cabeça. Ele poderia lançar toda aquela ferocidade nela apenas girando nos calcanhares?

"Cadê você?"

As cortinas ainda não fechavam direito, mas com a diferença de que, dessa vez, elas estavam mal fechadas na parte de cima, não na parte de baixo, como há pouco. O raio de sol que repartia as pernas de Gini agora passava por cima, reto e trêmulo, apontando para a parede. Ainda havia muito espaço entre aquela lança e Gini. Benny atravessou o quarto desajeitadamente, com o sexo balançando.

"Agora estou te vendo..."

Para se esconder dela, ele se ajoelhou o mais rápido possível ao lado da cama, no linóleo duro.

"Ainda estou com um pouco de medo."

"Claro. Tudo tem que dar certo. É compreensível que você esteja nervosa. Também estou."

Ele usou essas palavras — sussurrando — para tranquilizá-la, mas elas não a convenceram. A ideia da irrepetibilidade de tudo isso era um pensamento abstrato, que não conseguia dissipar a expectativa de que ele passaria o resto de sua vida com Gini, mesmo no limite do amor.

 Benny se moveu com tanto cuidado ao seu lado que parecia não querer tampar o traço de luz acima dela, mas talvez *quisesse*. Enquanto esperava, em frente à janela, ele viu a cidade crescer — para cima, porque a ilha já estava construída até a beirada —, mas Gini também parecia ter se tornado mais madura, mais encorpada durante esse tempo. Ela ainda tinha os seios pequenos e duros de uma garota, mas não por muito tempo. Cada vez que a boca de Benny deixava a de Gini e, usando a língua como leme, viajava pelos lugares mais bonitos do corpo dela — indo da covinha no pescoço e a linha de uma clavícula, passando pelo círculo de um mamilo até o umbigo cheio de poeira de suas roupas —, até chegar lá embaixo, ela amadurecia ainda mais, ficava mais volumosa, rica em dobras, mais cheia de sangue.

 O seu olhar era palpável?

 "O que você está vendo? Quero dizer... o que você está vendo? De verdade."

 "Estou vendo... Francamente, nessa nossa linguagem florida não entendo por que a comparação com uma rosa não é mais permitida."

 Era exatamente o que ele via, sépalas de feltro vermelho se curvando para fora: uma rosa em sua plenitude, entre a madureza e a murchidão Uma rosa que, aliás, permitia ver como estava presa ao caule.

 "'Clichê!', era o que sempre falava quem já sabia e tinha passado por aquilo. Eu não tinha o direito de falar. Ainda não. Eu era um novato. Mas agora entendo, Gini, porque é tão veementemente taxado de clichê. Por vergonha. Não sabem *lidar* com a imagem. A imagem está muito próxima do original. Uma espécie de ícone..."

Uma rosa orvalhada, mas cujo feltro não repelia o orvalho, o que permitia a formação de gotas redondas de mercúrio. Não, esta rosa de feltro permitiu que o orvalho a encharcasse, a saturasse, a tornasse pesada.

Gini não conseguiu abrir mais. Benny teve a sensação de que se empurrasse descuidadamente seu corpo, afundaria inteiro nela. Mas ela o pegou com as mãos, cujas palmas pareciam inesperadamente frias.

"Você está ardendo... como se estivesse com febre. Uma vez, eu também fiquei ardendo, sabe..."

Mas era agora que estava com febre. Ele viu as bochechas dela em chamas. Os olhos estavam sempre semicerrados com cílios trêmulos, como uma criança assediada por um sono cansado. Benny escorregou de suas mãos. Ele achou quase profano que precisasse do aperto sóbrio de sua própria mão para jorrar algo ali dentro. Em nenhum momento se pensou na irrepetibilidade de cada ato. Ele livrava-se de cada gesto, deixava-o cair, sem perceber que nunca poderia pegá-lo e usá-lo novamente.

Primeiro ambos tiveram que sofrer. Em algum lugar dentro dela havia um limiar de dor, e ele tinha que rompê-lo.

Abriram ao mesmo tempo. Ele abriu seu corpo quando ela abriu o dela. Por um breve instante ele sentiu como se estivesse sendo esfolado, como se tivesse perdido a pele naquela passagem estreita. Seus corpos se abriram junto com suas bocas. Apenas o grito de dor de Gini podia ser ouvido, então parecia que aquele grito curto e agudo veio de duas bocas ao mesmo tempo. Benny sentiu como se o grito dela tivesse entrado em sua boca, fazendo-o sentir como se estivesse prestes a engasgar, pois seu próprio grito ainda estava preso na garganta.

"Ah, o que você está me fazendo..."

Mas ela podia ver em seu rosto que ele também estava se machucando. Era como se estivessem copiando as caretas um do outro.

"Quase... Fique assim. Quieta."

Enquanto ele estava deitado imóvel sobre ela, seu coração batendo na garganta, ele sentiu a dor aguda desaparecer rapidamente. A certeza de que a dor não voltaria, nunca mais, lembrava-o — dessa vez de forma muito mais convincente — da absoluta irrepetibilidade de tudo que acontecia ali entre Gini e ele. Era estar no auge de sua vida e *saber* disso...

Estavam tão imóveis um em cima do outro que pareciam dois animais com os dentes cravados, esperando fatalisticamente ver qual dos dois afrouxava ou sangrava primeiro. Gini havia encostado as mãos no peito dele com os dedos tortos, como se tentasse inconscientemente afastá-lo. As unhas dela grudaram na pele dele.

Pelas suas sobrancelhas, Benny podia ver exatamente onde a luz do sol batia. O quarto tinha papel de parede listrado verticalmente, alternando azul-claro e branco. Benny jurou que se o abraço não pudesse se prolongar pelo resto de sua vida, duraria pelo menos até que o raio de luz tivesse movido uma faixa azul inteira cerca de meio centímetro.

Quando a dor de ambas as deflorações já havia se desvanecido, eles ainda ficaram ali, imóveis, como se pudessem forçar o tempo a parar, para que sua fusão nunca terminasse.

Essa rigidez de gafanhoto era apenas aparente, externa, uma manifestação externa que escolheram para seu abraço. Intimamente, tudo era movimento, uma onda de calor e luxúria, uma palpitação de sangue. O movimento final de seus corpos era só uma consequência lógica do que já estava em pleno andamento.

"Benny, você quer... você tem que..."

Gini cedeu primeiro. Com um pequeno gemido e um rosto que pedia desculpas, ela apertou a parte inferior de seu corpo no dele, como se quisesse oferecer-lhe um ponto ainda mais profundo. Sua resposta foi um movimento para trás, como se ele precisasse tomar impulso para se estabelecer mais profundamente nela. Por meio dessa manobra, que não lhe doeu, ao contrário, deu-lhe mais prazer, o que também foi perceptível para Gini, ele descobriu o ritmo que fazia o tempo fluir novamente e tornava o acasalamento mais intenso e finito.

"Sim... ah, sim", disse Gini suavemente e sorrindo, como se encontrasse uma melodia que não era ouvida há muito tempo.

Mas essa finitude era o que menos importava a Benny neste momento. Este agito... este balançar um ao outro... era tão doce que era impossível que pudesse acabar. Poderia durar para sempre, ele daria um jeito. E se o maravilhoso balanço de pêndulo os cansasse, eles poderiam ficar de novo um em cima do outro por um longo tempo...

Era um enganoso consolo de prazer, pois o prazer intoxica a mente e apenas induz a mais pensamentos de prazer.

Mas chegou um momento em que ficar parado não era mais possível, quando a vontade de parar sucumbiu ao balanceio, que se tornou cada vez mais forte.

Um objetivo surgiu dentro dele, uma linha de chegada traçada em algum lugar em sua carne, um lugar ainda vago. Ele correu em direção ao objetivo durante sua cavalgada feroz, cego, mas ciente do caminho. Para chegar lá, ele tinha que atravessar uma paisagem de ardentes visões. Subia, caía. Às vezes ele se entretinha com uma espécie de oásis, como se esperasse o ponto final ali, apenas para voltar a acelerar seu galope.

Ela, Gini, mudava constantemente a paisagem. Era como se ela gradualmente se lembrasse de onde arrancar sua luxúria. Assim, ela chegou ao ritmo de Benny, apertando-o, sem deixá-lo escapar, pondo-o de lado e de costas, envolvendo suas pernas nas dele, desta vez para baixo. Uma atitude para depois da conquista. Agora era Gini quem montava *nele*, mais rápida, muito mais rápida do que quando ele estava sobre ela.

 Seu cabelo estava seco havia muito tempo, mas seu corpo ficou mais úmido, mais brilhante. Cada poro de sua pele repetia em miniatura o milagre que ele testemunhara desde o início. Gini pareceu se desculpar por sua vitória, pois ela olhou para ele breve e desesperadamente, então fechou os olhos, balançando um não, não... não... Formou-se um soluço estremecedor. Agora era *Gini* quem corria na direção daquele estranho objetivo que ele sentia arder em sua carne.

 Ele tinha que contê-la, evitar que, aproveitando sua postura indefesa, ela o levasse àquele objetivo, que o atraía com a mesma intensidade com que o repelia. Contanto que ele mesmo, por vontade própria e sob seu próprio poder, corresse em direção a ela, pensou, ela poderia ser mantida à distância. Sim, seria ele quem perseguiria o objetivo, esse objetivo incalculável, que justificaria e coroaria tudo, todo o amor, mas também o destruiria.

 Justo quando ele se ergueu a fim de dar a volta em Gini e poder recuperar sua antiga posição, de repente, ela ficou imóvel, de olhos fechados. Ele sentiu o interior do corpo dela se contrair. Como se fosse um cavaleiro dando puxões curtos nas rédeas a fim de retomar o passeio, Gini moveu a mão com movimentos rápidos onde seus corpos estavam unidos, inclinando-se ligeiramente para trás. De algum lugar fora do alcance dele, ela sentiu ser puxada para seu "objetivo" ao invés de persegui-lo, e o esticou em sua direção com pequenos puxões.

    Gini, sentindo que o ponto final se aproximava, já que seu rosto a denunciava, se obrigou a parar. Benny viu que a demora a machucava e ao mesmo tempo lhe dava prazer. Ela se abaixou mais pesadamente sobre ele, balançando suavemente de um lado para o outro. Seu corpo formava, assim, um sino, no qual ele badalava dentro, indefeso, de um lado para o outro. Ele não contou as badaladas, mas sentiu que, se ela continuasse assim, a última viria em breve. Com um impulso gentil, sem soltá-la, ele a deitou de costas.

    Daquela maneira, podendo impulsionar sua própria força, ele pensou, era melhor se preparar contra o que quer que pulsasse em seu sangue. Isso não valia mais para Gini. Ela mordeu o lábio inferior até sangrar outra vez, e quando isso não ajudou, cravou as unhas no pescoço dele para evitar gritar. Assim, devido à pressão de seus dedos e à dor na nuca, ele pôde saber exatamente quão longe ela estava. Ela estava muito perto. Ele não podia simplesmente deixá-la escapar, queria passar o máximo possível pelo que ela estava passando.

    Os olhos dela se arregalaram. Ela o forçou a olhar para ela, cravando as unhas em seu pescoço. Seu corpo se transformou em luz. E, por um breve momento, foi assim que ele se *viu*: como se seu corpo tivesse sido iluminado por uma luz potente, brilhando calorosamente através da pele. Ao mesmo tempo, flutuava, mas pairava baixo sobre aquele outro corpo, no qual ainda estava ancorado. Feito dirigíveis presos à terra com suas âncoras.

Sua resistência não adiantou de nada: esse sentimento divino nunca poderia acabar. Sua preocupação acabou sendo em vão.

No momento seguinte, parecia que sua parte inferior do corpo estava sendo apertada com força, muito brevemente, em uma espécie de espartilho com cordões ardentes, o mais longo, mais forte e mais quente, passando pela espinha dorsal, ânus, períneo, marcando ao longo do caminho, se fundindo nas profundidades de Gini.

Ele queria e não queria. Ainda não.

Ele não tinha mais nada a desejar.

Gini, sugando o ar entre os dentes para reprimir um grito, enfiou quatro estacas no pescoço dele. De onde surgiu aquele calor espesso que ele derramou nela, jorros tão prolongados? De sua espinha dorsal? Não, de mais alto ainda: do fundo de sua mente, porque era especialmente ali que ele se sentia impotentemente vazio.

Pós-coito

A luz em seu corpo havia se extinguido. Ele não se sentia mais pairando sobre ela. Embora ele nunca tivesse visto bandeiras se moverem suaves no céu azul, Gini, relaxando, concebeu a imagem de uma bandeira molhada que, depois de ser enrolada no mastro pelo vento, se desdobrava lentamente, pingando, quase pesada demais para se mexer.

Benny não poderia mantê-la assim por muito tempo. A dureza do que perfurou suas entranhas não era óssea, e ele já sentia suas forças desaparecendo. A carne ultracongelada, aparentemente só osso, descongelou até virar um filé de uma semana. — A imagem refletia perfeitamente sua gradativa repulsa.

...já apodrecido antes de descongelar.

Quando se retirou dela não foi intencionalmente, nem sequer escapuliu, mas sim, ao que parecia, devido às entranhas contraídas, foi expulso em seu estado relaxado.

"Não saia, não...!"

Benny não sabia dizer se Gini realmente disse aquela frase, ou se essas mesmas palavras estavam encerradas em seu grito de decepção. Ele não suportava mais o toque de seu corpo.

Endireitou-se entre suas pernas e caminhou para trás, de joelhos até o pé da cama, onde ficou sentado, ainda respirando pesadamente pelo esforço que, até então, nunca havia feito.

"Fique aqui..." Ela estendeu os braços para ele.

Gini, deitada, feito uma flor abrochando e desabrochando, aparentemente sem precisar se cobrir, viu rastejar aos poucos um líquido branco, espesso e brilhante, e repousar no leito de seu períneo. Ele demorou um pouco para perceber que aquela devia ser a substância fértil que amadureceu em seu corpo por tanto tempo, que foi expelida dele com uma descarga sobre-humana. Com que lentidão e cansaço essa semente reluzente voltou à terra! Benny olhou aquilo, mas sem emoção, sem envolvimento real. Uma pérola derretida que fluía em forma de estrela do períneo para os pés de galinha em torno de seu ânus... Pelo menos ela manteve o sêmen em estado líquido pelo maior tempo possível: quando ele olhou para seu próprio corpo, viu que ao redor de seu sexo, ainda encolhendo, formavam-se flocos secos, que davam à pele uma aparência escamosa.

Essas são as imagens que deveriam ser inesquecíveis para o resto da minha vida — ele pensou, e junto com as imagens veio o pensamento da irrepetibilidade de tudo.

Gini estava com os braços caídos no colchão, com as palmas para cima. Seus olhos estavam meio fechados. Ela respirou audivelmente pelo nariz, mas não mais alto do que quando enterrou as unhas no pescoço dele. Benny viu algo como um diadema de pequenas gotas de suor se formando em sua testa. Eles se juntaram com muita precisão em vários fios paralelos, que pareciam marcar a localização de suas futuras rugas. Novas gotas sempre nasciam entre as gotas existentes, brilhando nos poros como grãos de açúcar. Também entre seus seios, quase os seios de uma mulher adulta, estava molhado de suor, mas Benny não tinha mais desejo de colocar a mão ali. Quando sentiu sua respiração e seu coração se acalmar um pouco, procurou o raio de sol para ver se havia mudado.

Não havia mais sol no quarto. Benny levantou-se, desajeitado, com o sexo vacilante, mas inútil, e caminhou até a janela. O sol ainda estava lá, praticamente no mesmo lugar, mas um edifício em construção atingiu seu ponto mais alto e barrou a luz direta.

Não importava. Agora eles poderiam atribuir o ambiente sombrio que pairava no quarto ao desaparecimento da luz do sol. Benny virou-se para a cama.

"Como..."

"... me sinto? Estranhamente satisfeita... e também estranhamente insatisfeita." Sua voz juvenil havia desaparecido. Ela falava como uma mulher madura. "E você?"

Ele não respondeu de imediato. Sem olhar para Gini, ele andou inquieto para cima e para baixo no quartinho. Os pensamentos vinham apressados, sóbrios, acusadores, e em tal número que se acotovelavam, pisoteavam, mutilavam uns aos outros — parcial ou totalmente, como depois de uma embriaguez ou uma pancada.

"Você não entendeu? O desejo se extinguiu. Assoprou como uma vela. E não apenas por um momento — para sempre. Já estamos definhando."

Ele voltou a olhar seu corpo, o lugar onde havia se fundido a ela e que agora, após a amputação, estava se curando com dificuldade. Curando? Parecia literalmente murchar sob aquela crosta rebelde, da qual, a cada passo que dava, caía um pouco de substância pulverulenta.

"Que bela existência nós temos. As 'funções sexuais', como são chamadas, cumpriram seu papel... cumpriram sua promessa... e agora podem morrer. Somos apenas marionetes movendo-se ineptamente nas cordas. Você não ouviu um barulho das madeiras batendo?"

"Se você começar a falar assim, Benny, vai insultar a mim e a você. Nunca me senti tão viva quanto..." (provavelmente ela queria dizer "há pouco tempo atrás", mas já fazia bastante tempo.) "Eu tinha dois corações dentro de mim. Sério. Dois corações batiam no meu corpo. Um pulava no outro... eles pulavam como cachorrinhos."

"Como cachorrinhos acorrentados. Asfixiados em seu próprio abraço."

Eles não aguentavam mais, Benny e Gini, aquela câmara mortuária. Tinham que sair, recuperar seu amor, buscá-lo como em um espelho pela cidade já alterada, encontrá-lo em esquinas inesperadas.

Sem falar daquilo, ambos preferiram não se lavar. Guardavam o cheiro e o suor um do outro sob as roupas.

O que era mais óbvio do que voltar ao lugar onde se conheceram? O sol não estava perceptivelmente mais alto do que antes de seu jogo. No entanto, aqui e ali, os contornos da cidade mudaram. Benny não colocou o braço em volta de Gini. Nem mesmo a pegou pela mão. No amor, as ações tinham uma hierarquia, de modo que cada uma tinha seu local e prelúdio do ato supremo. Qual era o sentido dos gestos introdutórios mesmo? Eles andaram na rua a pelo menos um metro de distância.

"Ah, é você", disse o cego, ainda parado no mesmo lugar do bar. "Então não preciso avisá-lo sobre o ventilador outra vez. Espere..." Era evidente que ele tinha se embriagado na ausência deles. "Sinto o cheiro... sinto o cheiro de desespero. Sinto cheiro de amor, ou melhor... cheiro de amor moribundo. Já senti esse cheiro, há muito tempo. Mas eu não tinha um faro tão refinado, na época."

Todos os presentes olharam para Benny e Gini: os jovens acharam incompreensível, os idosos ficaram cheios de respeito por uma tristeza que estava apenas começando. Benny gentilmente empurrou Gini para que ela o ultrapassasse e fosse ao fundo do local. O cego cantou com voz bêbada uma das músicas que, muito tempo atrás, Benny havia tocado nos dedos de Gini.

A cidade que me recebeu com tanta hospitalidade,

Me levou afavelmente de bar em bar

No fundo, encontraram uma mesa rodeada de outras totalmente vazias. Benny pediu dois uísques com refrigerante.

de bar... é... em bar

"Não temos que nos culpar", disse Gini. "Mais cedo ou mais tarde, seria sempre a primeira e a última vez. Teria sido ainda mais absurdo preservar a possibilidade como algo precioso... adiar a realização diante de nós... adiar para bem depois, bem depois, bem depois. 'Por volta do meio-dia.' 'Lá pela tarde.' 'Mais à noite.' Correndo o risco de que o desejo nos abandonasse para sempre ou se tornasse uma obsessão, sem possibilidades reais de que acontecesse. Não?"

"Ah, pare com isso. Há muito tempo que superei essa tola autorreprovação. Estou com raiva, não de mim mesmo, mas desse nosso lindo mundo onde tudo se dissolve, evapora diante de nossos olhos. Com raiva desse Deus genial, que nos criou apenas para desfrutar de tudo uma única vez e repassar tudo isso àqueles que vierem depois de nós."

"Benny, eu também estou triste, acredite. Mas você torna a tristeza irracional. Nós fomos criados de acordo com os Livros, então você sabe tão bem quanto eu como é maravilhoso e belo o que nós... pouco tempo atrás, no meu quarto... há pouquinho tempo... bem, que tudo pôde ser tão bom justamente *pelo fato* de nada se repetir. Você tem que concordar com isso, Benny. Sem a irrepetibilidade, não teria significado nada. Ou, ao menos, não teria a intensidade.... a mesma intensidade pela qual agora você lamenta."

"Você é um doce, mas não fala com sua própria voz. Agora que tudo acabou, estou começando a ter minhas dúvidas. Quem diz que o prazer sexual — ah, Deus, como soam estranhas essas palavras porque raramente são usadas! — não é vivido com mais intensidade, se for possível fazer uma comparação... se é um prazer relativo...? Eu sei que soa blasfemo, mas talvez a repetição seja necessária para saber qual é o maior prazer sexual."

"Sua fé está tão enfraquecida? Os Livros..."

"Não, imagine. Acredito no Céu e no Inferno. Acredito até que a glória esteja no Céu, como consequência final de tudo de bom que aconteceu aqui na terra, mas não é bom o suficiente. Você está me ouvindo? Estou falando quase como os próprios Livros... Mas de que me serve essa fé se, me sentindo incompleto, anseio por mais coisas? Por crescer? Por... repetir?"

Eles não haviam tocado nos copos de uísque, mas suas mãos se juntaram naturalmente, mais ou menos destoando da conversa. Os dois olharam ao mesmo tempo, ele surpreso, ela assustada. Gini retirou a mão.

"Mas repetição, Benny, é coisa do Inferno...!"

"Por que esses olhos assustados? Quem me diz que o Inferno não é um mundo muito mais humano e habitável do que o Céu? Pode ser como esta cidade. Estamos construindo para atingir uma perfeição cada vez maior. A perfeição —— ou melhor dizendo: o terror — da esquadra, da prancheta com seus cantos angulosos... Mas o espírito humano, que é lúdico e infantil, corresponde, creio, ao labirinto de ruas e becos nos centros antigos das cidades. O antigo centro da cidade murada *é* a verdadeira imagem do espírito humano. O céu, da maneira como me vendem, me dá a impressão de uma perfeição fria. Enquanto o Inferno — imperfeito, caótico, confuso, um mundo repetitivo — possivelmente seja o mundo em que minha alma se encaixaria melhor."

"Mas Benny, Céu, Inferno... isso não é da nossa conta. Estamos começando a segunda metade de nossas vidas aqui nessa selva e temos que dar nosso melhor, mesmo sem prazer físico..."

Ambos viram como suas mãos se juntaram outra vez, e a necessidade de formar aquele emaranhado os fez compreender que sua paixão e carinho tinha sobrevivido ao clímax esmagador do ato sexual. Ao mesmo tempo, eles sabiam que seus corpos poderiam atender a essa ternura apenas com mãos e braços. Mesmo quando Benny quis apertar as mãos de Gini, num gesto entre conforto e desespero, foi sem força, débil.

"Gini, aqui na terra estou acabado. Ainda sinto no corpo os ardores que vivemos, as brasas. E ao mesmo tempo sinto os ardores se apagarem... sem paz, sem resignação. Só sei que tenho um desejo veemente de fazer tudo... uma luta para fazermos tudo aquilo de novo."

"Me ensinaram que, especialmente com jovens como nós, a paixão pode durar um tempo, mesmo após o desaparecimento de... de todo o resto. Nunca por muito tempo. Quando tudo acaba, a resignação vem naturalmente. Nunca se prolonga muito."

Assim, Gini tentou encorajar Benny, amenizar sua inquietação, mas ela mesma não parecia muito convencida. Benny não conseguia parar de pensar no menino rebelde de seus dias de escola.

"Fique aqui sentado esperando, até que o último... eu nem sei como chamá-lo... tenha morrido? Tranquilidade, o que tem de bom nisso?"

Ele ficou um bom tempo olhando a mesa, o uísque cor de chá, suas mãos agarrando impotentes (mas não entorpecidas) ambos os lados dos copos. Mãos que cheiravam pouco ao seu jogo... Benny olhou para o rosto dela. Na mulher madura à sua frente, visivelmente ainda havia um tanto da colegial que conhecera há muito tempo, que o pensamento de que ela logo desapareceria — logo, não muito depois do meio-dia — tornou-se quase insuportável, de uma maneira quase física.

"Gini, durante toda nossa juventude nos falaram que o ruim era bom. Não acredito mais que a irrepetibilidade seja uma maravilha. Venha... comigo lá fora, então te conto... porque aqui... Gini, te convido a viajar para o mundo da repetição."

Motivo desconhecido

"Senhor juiz, senhoras e senhores do júri... atacar um cego, de qualquer lado, *sempre* significa atacá-lo pelas costas. A faca, onde quer que seja cravada, sempre tremerá covardemente entre suas omoplatas. Pelo assassinato covarde e a sangue frio de um inválido, exijo a pior pena possível para ambos: cadeira elétrica."

Foi assim que o promotor público concluiu a sua acusação, mas mais do que a apoteose do discurso, era um refrão apresentado a cada momento, com sutis variações. "... um cego totalmente indefeso porque, para afogar suas mágoas, se embriagou até ficar tonto", "... sem a menor possibilidade de olhar na cara de seus assassinos. Sim, atrevo-me a dizer que enfiar uma faca no peito de um cego é mais covardia do que enfiar uma faca nas costas."

Somente no momento de explicar o motivo foi que a retórica falhou. Não podia se tratar de um roubo: o senhor Giovanni Segale, *barman* d'O Lado do Sol, já havia declarado sob juramento, perante o juiz de instrução, que a quantia encontrada no cadáver correspondia ao que ele, Segale, havia visto na carteira da vítima.

"Como o senhor tem tanta certeza disso?"

"Um cego, como o senhor Scant, entende, se sentia orgulhoso de pagar uma cerveja com o troco certo. Fazia usando o tato, sabe? Às vezes ele ficava um tempão mexendo no compartimento de moedas da carteira com o dedo indicador. Então eu sempre tinha oportunidade de ver tranquilamente quanto ele tinha. Sei que não é algo muito correto a se fazer, mas agora vem a calhar, não é verdade?"

Vingança como motivo do assassinato era mais improvável de ser descartada. O mesmo Giovanni Segale testemunhou que os dois suspeitos se sentiram "possivelmente ofendidos" por "certas declarações" da vítima.

"O senhor Scant fez alusão à vontade... qual foi o termo que os senhores usaram?... maturidade sexual da garota. A moça. A mulher."

Após um estudo exaustivo dos antecedentes da vítima, que muito tempo antes pareceu ter ocupado um cargo estatal de importância, o motivo foi cuidadosamente atribuído a um "acerto de contas político".

O réu Wult e a ré Trades, cada um de um lado da sala do tribunal, olharam-se rapidamente. "Acerto de contas político." Assim escolheram a "vítima mais aleatória possível". Durante o interrogatório do juiz de instrução, antes dessa audiência, o caráter das perguntas se tornou cada vez mais político, e Benny lembrou-se da observação feita pelo homem do bar. Algo do tipo: "Aquele ali... pode até ser um velho chorão... mas já foi um peixe graúdo. Assessor do presidente, ou algo mais alto."

Na época, Benny não levou a sério as palavras do bebedor de uísque. Além disso, assim que Gini Trades entrou no bar, todas aquelas palavras emudeceram.

Acerto de contas político. A escolha do cego como vítima foi, portanto, um erro de cálculo, mas em retrospecto — sem querer — também uma manobra de gênio, porque a natureza política do assassinato lhes garantiu a cadeira.

A cadeira, digamos, quase foi sacudida. Por Gini.

Como parte da investigação preliminar, o juiz de instrução pediu um teste, que foi feito no laboratório forense, para determinar se Gini Trades e Benny Wult tiveram relações sexuais. O teste deu positivo não apenas nesse aspecto, como também mostrou que Gini havia engravidado.

Benny já havia notado mudanças nela quando seguiu Gini para interrogatório perante o juiz de instrução, e eles se entreolharam no corredor do tribunal. A pele tensa das bochechas que alongavam seu rosto... o queixo gorduroso e brilhante, onde brilhava o vermelho de uma espinha incipiente... eram todos os sinais de gravidez, sem que a barriga ou a postura a denunciasse em nada. Além de ver neles uma confirmação de seu amor, esses sinais também o assustaram: uma mulher grávida, uma mãe jovem, não seria facilmente condenada à morte por um júri algo impressionável. Já para um futuro pai como assassino, a coisa era diferente. Seus caminhos se separariam, e só Deus sabia quanto tempo levaria até que Gini pudesse se juntar a ele através de uma morte mais natural. Depois da prisão perpétua dela, da solidão perpétua dele, ambos estariam muito velhos.

Agora que o caso assumira uma dimensão política, o perigo praticamente desapareceu. Chega de precedentes.

Enquanto isso, quando apareceu pela primeira vez no tribunal, a gravidez de Gini estava mais avançada. Ela usava o cabelo preso, igual a quando eles se conheceram, mas estava sem graça e fraco. Rosto, ombros, pernas... toda esquálida e em contraste com aquela terrível barriga protuberante onde, bem visível sob o fino vestido de maternidade, seus seios pendidos se alongavam e pesavam. Era aquela criança que parasitava tão descaradamente sua vitalidade? Ou ela já teria começado a encolher mesmo sem a gravidez?

O caso deveria acelerar seu curso!

Como a maioria das mulheres nos estágios finais da gravidez, Gini estava muito distraída, muito introvertida, o que era especialmente evidente em seu olhar e sorriso absortos. Ela parecia estar em constante diálogo com a criança; nem se importava com toda aquela representação no tribunal, parecia pertencer às coisas triviais da vida.

Suas respostas às perguntas do promotor, do juiz, do advogado pareciam não exigir nenhuma reflexão. Com uma voz suave, mas firme — e diretamente, muitas vezes antes que o interrogador terminasse de falar —, ela repetiu respostas que já havia dado às perguntas semelhantes do juiz de instrução. Os murmúrios de desaprovação na tribuna pública pareciam estar relacionados à sua falta de reticência na hora de *relatar* suas ações, *em vez* de às ações em si. De acordo com as regras não escritas do jogo, eles exigiam respostas veladas. Mentiras. Um momento de silêncio... Se continuasse assim, qualquer tensão, qualquer surpresa desapareceria do processo.

"Diga-me, sra. Trades — vou continuar a chamá-la de senhora, dada a sua posição —, diga-me com o máximo de detalhes possível: qual foi exatamente sua participação no massacre que..."

"A defesa contesta. 'Massacre' é termo um tanto tendencioso..."

"Objeção concedida. Continue."

"Qual foi exatamente sua participação, sra. Trades, no conjunto de atos que levaram à morte do sr. Scant, ex-assessor do governo e ex-diplomata? Sob o pretexto de que o levariam para casa, devido ao seu estado de embriaguez, a senhora e o outro suspeito o levaram para um armazém vazio. O que exatamente aconteceu lá?"

"Nós... isto é, eu e meu corréu... primeiro levamos o cego para dentro da propriedade, depois o ajudamos a subir um lance de escadas. 'Que cheiro estranho', ele ficava dizendo, até que notou algo. 'Esta não é a minha casa. Eu não moro aqui.' Então ele ficou gritando. 'Me leve logo para minha casa. Esse lugar cheira a galinhas e ratos.' Quando ele ficou rouco de tanto gritar, eu disse: 'Você vê melhor com seu nariz e seu...'."

"Isso ocorreu-lhe na hora? Ou a senhora foi instruída a dizer isso?"

"Meu corréu me deu um sinal. 'Diga para ele... o que combinamos...' Então eu disse para o cego: 'Você vê melhor com os ouvidos e o nariz. Está esperando o quê? Vá embora.' Ali era um labirinto. Perseguimos ele por todos os corredores. Escada acima, escada abaixo. Ele estava furioso e assustado ao mesmo tempo. Foi como uma tourada. Em uma encruzilhada de corredores... uma encruzilhada onde ecoava bastante... eu tive que assustá-lo, persegui-lo, e então ele correu a toda velocidade para Benny... para o punhal do meu corréu."

"Punhal?"

"Baioneta, não é a mesma coisa?"

"Esta é a arma?" O promotor ergueu um longo punhal com uma etiqueta.

"Se tiver sangue, deve ser. Não prestei muita atenção nele."

"A senhora dá a entender que a vítima se chocou com a baioneta do seu corréu... Está sugerindo que foi um acidente?"

"Ah, não. Foi intencional. Algo premeditado. Eu o colocaria na minha frente, e meu corréu bloquearia o caminho com o punhal... baioneta. Se tivesse sido um acidente, Benny... meu corréu não teria revirado aquela coisa na barriga do homem, não é?"

A sala quase *rugiu* em desaprovação — por tanta ingenuidade —, confissão sem-vergonha. E continuou assim, de detalhe em detalhe, nos detalhes dos detalhes. Benny teve a forte impressão de que Gini estava incitando a raiva não só da tribuna pública, mas também do promotor, dos juízes, do próprio advogado e principalmente dos jurados, devido à disposição extrema, quase obscena, com que respondeu todas as perguntas. Uma maquete semicortada do armazém mostrava seus corredores, suas escadas e janelas. Ao vê-la tão curvada sobre a casa de bonecas, de vez em quando se endireitando para colocar a mão nas costas cansadas e esticar a barriga para a frente, Benny teve a sensação de que ela já estava a uma grande altura acima deste mundo. Quando chegasse sua vez, ele também olharia para a maquete.

Para concluir a primeira grande audiência, o promotor perguntou a Gini sobre o motivo de seu ato, insinuando já na pergunta os possíveis motivos políticos. Ela, pela primeira vez desde o início do interrogatório, parecia não ter ouvido suas palavras. Apenas continuou sorrindo, com os olhos voltados para dentro, levemente curvada em seu banco, as mãos descansando frouxamente na barriga.

"Eu repito..."

"É melhor resumir a pergunta", disse o presidente.

"Em suma, por que a senhora se prestou como cúmplice nesse assassinato?"

"Porque..." O sorriso presunçoso desapareceu. Gini se inclinou para seu advogado, sussurrou-lhe algo. Ele, balançando a cabeça gravemente, começou a rabiscar palavras em uma folha de papel.

"Eu lhe fiz uma pergunta."

Havia agora um olhar doloroso no rosto de Gini. Seus olhos estavam cansados.

"Porque meu amor é grande demais... nosso amor é grande demais para..."

Um mensageiro entregou a nota do advogado ao juiz, que, após uma rápida olhada no papel, baixou o martelo. "Adio indefinidamente a audiência devido à condição da ré, sra. Trades."

Ao sr. B. Wult
Penitenciária Estadual No. 103
Cela 14. A. 257
Preso 23 00 672

Queridíssimo Benny, querido companheiro de viagem,

Nada mudou: agora que o tempo já passou, eu, como mãe, tenho que parabenizá-lo, como pai, pelo nascimento de um filho. Sem poder consultá-lo, infelizmente, acabei dando a ele o nome de Benny. Falarei o porquê. Com nosso filho na cela, agora posso pronunciar esse nome quanto eu quiser, sem que as paredes fiquem ruidosas. Quero dizer que, no começo, gritei seu nome tantas vezes que... você entende o que quero dizer. Agora tenho um Benny de verdade comigo. Ele pode ficar na minha cela até depois da amamentação, embora ela já tenha acabado, mas eles ainda não sabem disso, apesar de todas as câmeras e tudo o mais. Um vizinho de cela me disse que às vezes eles usam os monitores para jogar videogames.

 Por onde começo? Você deve estar curioso sobre o nascimento e como foi. Vou contar tudo com a maior precisão possível, na ordem correta. As primeiras contrações começaram pouco depois da última sessão do tribunal (na verdade começaram já durante as últimas audiências das testemunhas). Vou fazer uma introdução. Eu já estava na minha cela, e levou muito tempo até que um carcereiro ouvisse meus chamados e aparecesse. Se tivessem visto primeiro o monitor, provavelmente teriam mandado logo a parteira. Eu me contorcia. A cela abriu, a cela fechou, a cela abriu de novo. A parteira. "Diga exatamente como você está se sentindo." Eles não estavam vendo quão avançada eu estava na gravidez?

 Acredite ou não, Benny, fui levada para a sala de parto em uma cadeira de rodas e sob escolta armada (todas mulheres). A cada treze voltas que aquelas rodas enormes davam, eu tinha uma contração. Até o fim eles acharam que eu estava fingindo, e é por isso que, a cada contração, me seguravam firme. Para evitar uma fuga. Ou talvez pensassem que o bebê escaparia, primeiro de mim, depois da cadeia para alugar um helicóptero em algum lugar etc. Chame isso de amor paterno.

    Capítulo 2. A sala de parto. Havia grades nas janelas, mas não eram janelas altas, então eu podia ver parte do pátio da cama. Oito garotas altas jogavam basquete. (Grades sempre me lembram as linhas horizontais dos pentagramas, que me lembram você tocando piano nos meus dedos no bar. Benny, parece que há um caminho, passando pelo balcão do tribunal, que leva dos primeiros compassos de uma canção melodramática até a cela de uma prisão. Ainda que nós mesmos tenhamos decidido tomá-lo, somente depois vemos que realmente só há um caminho.) Os seios pesados de uma das garotas sempre saltavam para cima, como se quisessem ir para a rede em vez da bola. Eu tinha outras coisas na cabeça além de assistir ao jogo. As contrações continuaram. Doeu muito, muito mais do que eu esperava. À esquerda da cama estava a parteira, à direita também havia uma obstetra. Ambas seguraram minha mão. "Ei, não morda!", gritou a parteira quando, ao sentir uma contração muito forte, quase mordi seu pulso. Muito forte mesmo. E, imagine só, eu estava muito enjoada. Quando a parteira tomou um gole de café frio, parece que continuei gritando: "Esquece esse café. Ah, que cheiro de café. Que fedor. Não aguento mais." No fim, eu não sabia se a empurrava para longe por causa do cheiro de café, ou a puxava em minha direção para me apoiar durante a próxima contração.

Eu não sabia de mais nada. Tudo o que eu sabia com certeza era que você deveria estar lá para amortecer um pouco as pontadas de dor. Mas...
    Entre duas contrações pude escutar, através do estetoscópio, o pânico na minha barriga. Sabe como soava? Como o som daquele filme subaquático que vimos juntos naquela danceteria, Os Sapatinhos Vermelhos. Esse era o nome da danceteria. Não me lembro como se chamava o filme. Algo como Os habitantes coloridos dos palácios de corais. *Era projetado nas paredes da danceteria, e o som subaquático de "glub-glub-glub" se sobrepunha à música, como um batimento cardíaco muito rápido e aguado e é exatamente isso que quero dizer. Era seu coração. Ainda no líquido amniótico, mas já em pânico com o desconhecido que estava por vir. Que a criança nascesse com problema. Mas, para ser honesta, a criança poderia muito bem ter sido queimada na cadeira elétrica junto com a mãe. Ou será que eles sempre esperam o nascimento para prosseguir com a execução? Nunca perguntei ao meu advogado. Advogados só nos distraem de nosso objetivo.*
    Que estranho, mas as contrações clarificaram assustadoramente minha cabeça. Depois acabei absorvendo muitos detalhes. Aquelas garotas altas, por exemplo. A certo ponto, elas entraram em uma briga e tiveram que ser apartadas pelas forças de segurança (não pense que essas condenadas com penas de longa duração não podem morder e arranhar, porque podem).

Não podia — não conscientemente, quero dizer —, mas depois, muito mais tarde, vi elas brigando. O que vi principalmente foram as sombras estranhas entre seus pés. Como se fossem sombras de corpos amassados em uma pilha, da qual, de vez em quando, um braço sobressai. Se você quisesse, poderia deduzir que o sol estava quase no auge. Só me dei conta depois do parto, e me dei conta de verdade: quanto tempo nosso processo de fato demorou... Ficará algo de nós quando chegarmos ao outro lado? Fisicamente, quero dizer? Ah, não, não duvido. Não pense nisso agora, Benny.

Outro detalhe. Na parede da sala de parto estava pendurada uma xilogravura ou linogravura ou algo assim. Retratava um grupo de pessoas trabalhando forçadamente na terra. Lembro-me de cabeças embotadas e depois de mãos cavando a terra. Que sádico pendurar uma cena tão triste e desesperadora no saguão de chegada de uma nova vida. Ofensivo. Além disso, aquelas duas parteiras eram duas megeras duronas. Elas continuaram tomando café e soprando aquele fedor de serragem úmida no meu rosto. Com ou sem contrações. Vomitando ou não. Por que foi disso que esse cheiro mais me lembrou: do galpão em que meu avô serrava, de manhã cedo. Ele sempre serrou aquela madeira dura e rosada que produz serragem muito fina. Emitia um ar ácido, especialmente quando ainda estava muito cedo e úmido. Além disso, ele cuspia o suco do tabaco de mascar em cima da madeira, e assim se formava o monte que exalava esse cheiro, quero dizer, de café frio.

Finalmente, as megeras acharam que era hora de romper a membrana. Provavelmente romperam com suas unhas serradas. Ouvi o líquido amniótico entrando na bacia. E, para me mostrar que a afabilidade era uma de suas prioridades, elas me deram a bacia de presente — uma daquelas bacias em forma de rim —, da maneira como imagino um garçom presenteando o cliente com algo gostoso para conferir. "Este é o líquido amniótico. Se estiver um pouco vermelho, é porque tem um pouco de sangue." Seu lema era: não fazemos nada sem a paciente.

Quando as contrações se tornaram insuportáveis, de repente, as mulheres acharam necessário me tirar daquela cama. E então fiquei sentada como um animal, de quatro. Gritos de encorajamento atrás de mim, como se fosse uma espécie de alegria. Achei que já tinha começado o parto de verdade. Que nada. Os gritos de alegria chegaram ao meu ventre — finalmente, meu ventre. Uma mulher que deseja desencadear um milagre deve primeiro mostrar que pode abrir mão de toda dignidade. De quatro, gemendo, soltando o ventre praticamente na cara de duas parteiras, uma nem bem formada. "Vamos lá, garota, continue. Aproveite uma dessas contrações para expelir..."

Não pude voltar para a cama. Não, de repente eu tive que ir para a cadeira de parto, uma espécie de balde meio a céu aberto com um assento de vaso sanitário. O parto vertical voltou a ser moda, imagino, desde que se descobriu que, no passado, as mulheres de todas as nações adoradoras do sol faziam assim. Agachar-se nos arbustos e, no momento crítico, agarrar-se a um galho no alto e torcer para que ele não quebrasse. Antes que tenha transcorrido meia vida, a amada de Benny Júnior tem que aceitar que nada é tão maravilhoso quanto dar à luz na cama, mesmo que o parto vertical, talvez devido à sua notável semelhança com o ato de defecar, promove a depressão pós-parto. Mas talvez eu esteja falando um pouco demais, como meu pai, o Amargo.

Um espelho foi colocado na minha frente, ligeiramente inclinado para cima. Com isso, querido Benny, e me perdoe por essa associação, para mim, o círculo se fechou. Um círculo que foi desde o espelho que eu tinha diante de mim quando você me seduziu (essa não é exatamente a palavra que eu estava procurando) até esse espelho, que me fez lembrar dos espelhos inclinados que vi em lojas de sapatos. De qualquer forma, fazia pouco sentido porque eu não estava com minhas lentes. Como meus olhos estavam irritados no tribunal, eu as tirei assim que voltei para a cela. Uma besteira, claro, porque as contrações já haviam me avisado. Então por que você não estava lá, atrás de mim, para olhar por cima do meu ombro e contemplar nosso milagre com mais precisão do que eu?

Digamos que eu olhei para um espelho embaçado. "Sua dilatação está suficiente para *fazer força"*, disse a parteira. Ela falou apenas meia verdade. Ouvi as duas sussurrando. Na primeira medição, ainda na cama, (luva de plástico farfalhando entre minhas coxas), uma disse para a outra: "Oito. Às dez começamos a empurrar." Pouco antes que me dessem o sinal para fazer força, mediram às oito e meia. Deveriam ter um motivo para ter pressa. "Está indo muito bem, sra. Trades. Se olhar de perto, já dá para ver uma parte do crânio, os cabelos..."

No entanto, sempre se consultavam de maneira muito discreta, e eu ficava de fora da conversa. Trocavam sussurros preocupados e coisas assim, porque não sou louca. Elas me disseram: "Não se assuste, mas algumas pessoas estão vindo observá-la. Estudantes de obstetrícia. Vamos garantir que eles não atrapalhem." Isso não havia sido combinado previamente, mas não protestei. Em breve, sem serem convidados, eles também virão assistir a algo íntimo: quando eu me sentar na cadeira elétrica.

De fato, um punhado de garotas de aventais brancos entrou um pouco mais tarde, mas não havia como não "atrapalharem". Seguindo as instruções da obstetra (a parteira ficou comigo), elas montaram a cama no corredor, depois disso, a cama foi trazida de volta quase imediatamente. Apenas bem mais tarde percebi que essa cama era diferente. Não escapou à minha atenção que, ao entrar na cama e sair dela, os "vigias" na porta levantavam-se; ouvi as travas de suas armas clicarem. Mesmo ali, com aquela cabecinha escorregadia entre minhas pernas, eles me viam como uma prisioneira com planos de fuga. (E é claro que estou *sempre fugindo*. Mas não pela rota que eles vigiam com tanto cuidado.) A cama que foi trazida bateu no espelho, que acabou se movendo. A vantagem era que eu não precisava mais me ver como uma ferida grande, vaga e cheia de caroços. O que o vidro espelhado tinha a me oferecer não era mais excitante. Um fragmento do céu azul vazio com grades na frente. Eu não me importo com essas grades, Benny. Sem as grades, seria um vazio ainda mais aterrorizante. Acho que tive a sensação, com enjoos e tudo, de dar uma olhada no mundo que nos espera após a sentença. Não que eu espere um vazio assim, não, é o desconhecido que me atrai.

    Não tenho dúvidas, mas... fizemos bem ao sacrificar tudo por nossa grande viagem? Digo, quando seu filho nasceu, você não estava atrás de mim com as mãos sob minhas axilas para me sustentar e seus lábios no meu pescoço para me confortar e coisas assim. Não tenho dúvidas, mas seja sincero: quando tomamos essa decisão, no calor da nossa indignação, da nossa raiva do mundo, pensamos na criança? Não. Estávamos muito perturbados, muito furiosos para isso. No máximo pensávamos numa criança em relação ao outro mundo, onde poderíamos ter mais de um filho, e onde teríamos que passar por todos aqueles esforços maravilhosos para tê-los.

Será maravilhoso. Finalmente um mundo perfeito para a voracidade que sentimos um pelo outro. Se minhas palavras deixam entrever alguma dúvida, é por causa desta carta. Refletir por escrito sobre o que aconteceu no parto solitário me comove mais do que convém aos nossos planos de viagem. Já sou uma pessoa diferente daquela que começou a carta.

Pronto. Te falei que o informaria sobre o parto. Nada mais, nada menos.

As duas mulheres se ajoelharam ao meu lado para me ajudar quando, ao fundo, algo ameaçou dar problema. A mulher que eu sempre chamei de "parteira", a fim de distingui-la da parteira real que me foi designada, surgiu para dar mais orientações. Exatamente naquele momento, uma batalha decisiva foi travada dentro de mim. Eu iria expelir — agora, agora, e nem um segundo depois — aquela criança dando um empurrão grande e irreversível com minha respiração, meus tendões, músculos, ossos, todas as células do meu corpo. E, caso contrário, eu cairia de dor, perdendo sangue, e morreria no parto, embora esse não fosse o termo certo. Não escaparia do meu destino sobrenatural e logo você me seguiria...

Pensar que levaria a criança à morte sem conhecê-la me dissuadiu a tomar essa última decisão. Ela seria tirada de mim em algum lugar na separação de mundos, por ordem de um judiciário superior, pois uma alma tão imaculada nunca deveria seguir a mãe no Inferno da repetição.

Nunca antes tinha sentido o desejo como um instrumento físico. Aconteceu o que meu corpo despedaçado queria que acontecesse. De repente, segurei aquela criança, nossa criança, nos braços. Eu estava sozinha. As duas mulheres e os estudantes estavam ocupados instalando algo complicado. Fiquei sozinha com o único homem do grupo, que, em tom de brincadeira, me foi apresentado como O Escritor. Ele também estava em treinamento. Disseram-me que iria "anotar tudo", e ele fez isso meticulosamente. Ele estava sentado num banquinho baixo, em seus joelhos tinha uma prancheta de papelão com folhas de papel presas nos pregadores de escritório. Vi tabelas. Ele escreveu tudo, quase sempre em números. São tempos, pensei. Ele traduziu o início da vida de Benny em números e letras.

Havia algo naquele nascimento que soou como um insulto, não aos meus ouvidos, mas para todo o meu corpo. O estampido sonoro com que o bebê foi — literalmente — jogado em meus braços foi pegajoso. Jogado é a palavra, ainda mais porque a criança estava muito sem vida e parecia azulada. Você, como pai, vai ficar ofendido quando eu disser que o que me jogaram — com todas os membros inchados e caídos — me lembrou mais um punhado de cenouras, ou, mais ainda, um punhado de salsichas azul-claras que uma vez vi penduradas na janela do açougue do que um bebê. Por meio momento houve o pânico: natimorto. Mas quando se le-

vantou, a parteira deu-lhe outra cutucada rápida no lado, uma daquelas batidinhas rotineiras, quase sorrateiras, que fez o nosso filho gritar. Então me tranquilizei, embora ainda tivesse um mau pressentimento a respeito do arremesso. Mais tarde, as duas mulheres se desculparam: na última escuta, com o estetoscópio, mal ouviram os sons do coração, de modo que, apesar da dilatação incompleta, resolveram me forçar a empurrar, enquanto mandavam preparar uma cama especial, porque levaram em conta que poderia ser uma cesárea. Foi assim.

Se houve algo que me alegrou, foram aqueles dedinhos agarrando. Mas seus braços ficaram sem vida por muito tempo, e as mãos ainda pareciam azuis quando o resto já estava rosa-escuro. O Escritor, de cronômetro na mão esquerda, anotava tudo a cada décimo de segundo (acho). Sentado em seu banquinho baixo, ele me lembrou de algum "escriba do rei" que vi uma vez numa foto. Escritor do rei, era o mínimo, claro.

Eu provavelmente estava chorando. Se você estivesse atrás de mim, eu teria te ouvido soluçar também, tenho certeza. "Cortar o cordão umbilical, na verdade, é um privilégio reservado ao pai, mas é claro que, neste caso, as regras são diferentes. Quer cortar, sra. Trades?" Eu já estava segurando a tesoura (uma daquelas tesouras curvadas, sabe, com uma torção), a parteira colocou dois grampos no cordão umbilical, que eu tinha que cortar no meio, quando, *de repente, fiquei com raiva. Aquele cordão umbilical de cores artificiais, de repente, me lembrou um daqueles feixes retorcidos de fios elétricos plastificados, e não preciso lhe dizer, Benny, por que foi tão difícil para mim. Então pediram ao Escritor que cortasse. Espero que você não fique bravo. Por um momento não consegui falar nenhuma palavra, muito menos protestar. Olhei para o outro lado. Ouvi o rangido da tesoura, pois era poderoso.*

O bebê foi lavado e pesado. O Escritor anotou os tempos, o peso e a altura. Ele parecia ser muito alto para um recém-nascido e, em contrapartida, era muito levinho (não tenho os números certos para te repassar aqui; se ainda houver tempo, vou pedir que os enviem a você em uma carta futura). Ele chorou de uma maneira fina, mas rouca.

A placenta. Posso imaginar que a placenta representa um momento difícil na vida da maioria das mulheres. Com a remoção da placenta, o processo de secar e murchar começa de verdade. Tudo bem, há a amamentação, mas tudo abaixo do umbigo não tinha mais vida. Acabado, arrancado. Varrido. No momento em que a parteira começou a escavar a placenta bem debaixo do meu nariz, mais ou menos para me mostrar como a criança tinha vivido dentro de mim (provavelmente também pelos efeitos de um ritual antigo, houve um momento em que pensei que íamos comer a placenta!), pude encarar outra vez de maneira serena — e, depois, com enorme avidez — nossa decisão, Benny, nossa viagem pretendida para a terra da repetição.

No final acabei naquela cama especial, porque a bruxa achou melhor me dar alguns pequenos pontos. Não que eu estivesse realmente "rasgada", mas havia algumas fissuras, como as mulheres chamavam, na pequena .... (esta palavra provavelmente será censurada: leitura de estímulo médico para presos do sexo masculino!). Disseram que se tratava de uma "intervenção estética básica". Percebe o cinismo? Estar sexualmente fechado para sempre e depois ser livrado de um defeito estético! Pelo menos tive o prazer silencioso de dizer a mim mesma que fiz isso por você. (Você me ensinou a sentir os olhares como carícias de verdade. Mas, minha nossa, Benny, como eu era tímida no começo! Mas quero voltar a sentir essa timidez de novo, mais tarde.)

Com a cadeira de rodas, na qual havia sido colocada uma espécie de mata-borrão para aquele momento, fui levada aos chuveiros para ser totalmente lavada. Vigilância reforçada, óbvio, pois agora nem mesmo tinha que arrastar meu filho, como uma corrente com bola de um trabalhador forçado.

Mais tarde, eles vieram me tirar da cela. "Tendo em vista o baixo peso, sra. Trades, consideramos prudente colocar seu bebê na incubadora por um tempo. A senhora pode vê-lo se quiser." Não era mais necessária uma cadeira de rodas. Caminhei entre os guardas até a sala de parto. Não reconheci meu filho na única incubadora disponível. O inchaço azulado nas pernas que logo após o nascimento havia dado um aspecto gorducho a seus braços havia desaparecido. Dentro da caixa de vidro, o menino chutava e socava com seus membros assustadoramente largos. Ele gritou com uma voz mecânica, sonora, com a boca bem aberta, um grito que foi um pouco abafado pela incubadora e que por isso, ao que parecia, era mais convincente. Para protegê-lo da luz intensa (ele estava deitado de costas), ele usava uma venda branca que se parecia com óculos antiquados de motociclista. Seu pênis tinha sido colado com uma fita e forçado a apontar na direção de seus pés, aparentemente para evitar que fizesse xixi no próprio umbigo, que estava infectado e um pouco supurado. Durante a minha ausência, ele havia crescido, como se costuma dizer, "uma mata de cabelo", e isso, junto com aqueles membros compridos, deu-lhe uma aparência algo precoce, algo madura. Também fiquei impressionada com a força visível com que agitava braços e pernas, tão magros quanto ele. Esses movimentos, aliás, não pareciam descontrolados, mas sujeitos a padrões sem sentido e acompanhados de gritos roucos. Suas pernas pareciam andar de bicicleta.

 Então ele pedalava com todas as suas forças por um mundo desconhecido, faminto, gritando a plenos pulmões, com óculos de motociclista, que, na verdade, eram apenas uma venda contra a luz inumanamente brilhante, e com o sexo colado para baixo. Não posso lhe dar outro retrato de seu filho por enquanto, Benny. Talvez seja um retrato de todas as pessoas aqui na terra.

Enquanto se alimentava, mais tarde na minha cela, ele me puxou furiosamente como um leitão. Sua boca não era uma boca de sucção, mas um grampo, e achei que ele nunca me soltaria. Quando finalmente baixou a cabeça para o lado, cansado e saciado, arfando e gemendo bastante, eu me senti completamente esgotada e exausta. Sim, Benny, está na hora da queda para o definhamento total se concretizar e começarmos a reunir forças em outro lugar.

Você tem que prometer uma coisa: que, com ou sem mundo de repetição, sempre jogaremos o jogo do amor como se fosse a primeira e a última vez ao mesmo tempo, sem perder um único traço de ternura. Promete? Só assim podemos nos proteger dos perigos desse mundo. Sim, promete? Afinal, lembramos de tudo... não é? As menores coisas. Por exemplo, muitas vezes me imagino esfregando a ponta do dedo no que chamo de "almofada de alfinetes": uma marca de nascença nas suas costas perfurada por pelos crespos. Lembra bem ou não? E isso é apenas um exemplo inocente.

Wult Júnior chora entre as folhas de papel. Seus dentes estão aparecendo. Ele será tirado de mim em breve. Há negociações em andamento com um casal sem filhos que quer acolhê-lo. Pessoas ricas, tão desgastadas quanto pais de verdade.

Provavelmente nos veremos uma última vez no tribunal, antes de nos encontrarmos em liberdade. Não tenho medo, embora não saiba exatamente como imaginar essa transição, através da morte, de uma realidade para outra. Será que sofreremos dor e, em caso afirmativo, a dor nos acompanhará até o outro lado? Imagino que seja algo como a dor do parto, não sem sentido, sem esperança, mas a serviço de um objetivo. Uma troca. Dor com um sorriso.

Caro Benny, querido, se você ainda tiver a oportunidade de me responder, poderia resumir os pontos principais da minha carta em algumas palavras-chave, que apenas eu compreenda? Então saberei se algo ficou preso na tesoura do censor.

Até logo,
Sua Gini

Benny tinha ouvido de seu advogado que os membros do júri estavam sendo colocados em quarentena no próprio tribunal, a fim de protegê-los da influência da imprensa e da opinião pública. A sala (atrás do tribunal) onde os doze ficavam logo foi chamada de "sauna", porque o ar-condicionado havia quebrado, e o mecânico não conseguiu descobrir o problema. Quem passava pela porta só ouvia resmungos, o que, segundo o advogado, não era um bom presságio para o andamento do processo.

Ah, o júri. Ambos os réus estavam presentes no tribunal quando o júri foi reunido. Benny Wult lembrou-se da chegada barulhenta de cerca de setenta ou oitenta voluntários. Ficaram sussurrando, excitados no limiar, tentando determinar avidamente quem eram os suspeitos, pois até aquele momento não sabiam de que tratava o julgamento.

"Um casal jovem... Deve ser aquele assalto a banco do outro dia."

"Estou vendo. São aqueles sequestradores. Um homem e uma mulher. Reconheço ambos pelo noticiário da televisão."

Depois que a multidão se dispersou sobre os bancos da tribuna pública, as mesmas palavras continuaram a soar de maneira cada vez mais persistente e ruidosa, indo de boca em boca. "São os assassinos do cego." "O cego...?" "Sim, os assassinos do cego." "Os assassinos do cego...!"

Era como um teste para ser figurantes teatrais. Só que aqui os figurantes determinariam o destino dos protagonistas.

Os setenta ou oitenta voluntários pescaram um pedaço de papel dobrado de uma caixa transportada por um mensageiro. Isso resultou em doze candidatos a membros do júri, quatro mulheres e oito homens. Os restantes foram convidados a se sentar até que os candidatos fossem interrogados por funcionários do tribunal. Por enquanto, os desejos secretos de Gini e Benny pareciam ter sido atendidos: entre os supostos membros do júri, aqueles que se opunham à pena de morte foram obrigados a retirar suas candidaturas. Havia três. Depois de mais alguns sorteios, todo o júri, agora composto por sete homens e cinco mulheres, pôde finalmente ser empossado.

As perguntas dos advogados de defesa revelaram que os doze jurados estavam, sem exceção, no auge de suas vidas. Nem todos tiveram um filho, mas pelo menos cada um deles (delas) teve uma história de amor no passado. Se a defesa não quisesse confirmar expressamente, antevendo um possível preconceito, teria sido visível naqueles rostos desbotados, naqueles olhos baços. No banco de jurados havia pessoas que não conseguiam se lembrar, nem com suas mentes e nem com seus corpos, como era amar. Eles ainda eram transportados pelas pernas, mas estavam mortos abaixo do umbigo, decompostos há muito tempo e, se um coração batia acima do umbigo, era apenas para manter as pernas em movimento.

Ao contrário do que os advogados de defesa achavam, essa circunstância também era favorável a Benny Wult e Gini Trades. Quem visse a jovem mãe sentada ali tão radiante ("radiante apesar de sua situação", escreveria um jornal), respondendo descaradamente aos olhares amorosos de seu "ex-amante" (era o mesmo jornal), notando os rostos azedos do júri, sabia que o veredicto já havia sido dado. Os gritos altos e risonhos de Benny Wult Júnior, que havia sido colocado em um cadeirão de bebê ao lado da mãe pelo advogado de Gini com a intenção de apaziguar os jurados, surtiu o efeito contrário, provocando desaprovação em vez de carinho. Uma paixão assim, que não girava apenas em torno do leito do amor, mas também do leito do parto, era, obviamente, impossível. Era obsceno. Imoral.

O veredicto havia sido dado. O júri só teve que reconstituir a "decisão difícil", fazendo uma longa deliberação, e tudo diante dos olhos do mundo. Até o pequeno Benny ficou quieto quando os jurados entraram na sala do tribunal. O jurado da frente entregou dois envelopes ao funcionário.

"*Atlacar!*", o menino gritou alto, batendo um brinquedo no topo de madeira de seu cadeirão.

O escrivão abriu o primeiro envelope e leu o veredicto referente ao "Oficial da Força Aérea Wult".

"... considerado culpado em todas as acusações apresentadas."

Para "a estudante Gini Trades" o veredicto foi o mesmo.

Antes de tomar uma decisão, os jurados retiraram-se para as câmaras. Gini teve a oportunidade de se despedir do filho. Os pais adotivos estavam presentes na sala; eles permaneceram sentados no banco, enquanto o público discutia os veredictos nos corredores: um casal estéril, resignado, mas que seguia desconfiado das ações de mãe e filho.

O presidente do tribunal, juiz DeVilbiss, disse que não via razão para não aceitar o veredicto do júri. Os perpetradores seriam "mortos conforme prescrito pela lei do Estado, ou seja, por eletrocussão".

Quatro guardas conduziram Wult de elevador para um dos andares mais altos da torre da prisão. Todos evitaram ao máximo olhá-lo diretamente. A superstição, o medo do poder hipnótico do condenado à morte (que, é claro, era o medo hipnótico da própria morte) havia começado.

"O corredor da morte é lá em cima?"

"O corredor da morte fica do outro lado da rua, na torre gêmea."

"Então por que subir e não descer?"

"Está perguntando muito... para alguém que teve que dar tantas respostas ultimamente."

A rápida subida pelo estreito poço fez algo com seu diafragma, dando-lhe a mesma sensação de pavor e ansiedade, saudade de casa também, que teve naquela manhã no elevador indo ao quarto de Gini. Ele estava a caminho dela novamente.

Os guardas estavam lá. Não havia celas. No final de um corredor, pensou Wult, seria a primeira vez desde sua detenção que ele poderia ver a luz solar direta e sem filtro. Por um momento, pensou que o corredor terminava assim mesmo, a cento e vinte, cento e trinta andares de altura, e que o deixariam cair dali para que, lá nas profundezas, ele pudesse transformar algum carro estacionado em seu esplendoroso leito de morte... Mas o corredor virou uma espécie de passarela coberta pelo brilho do sol, que, bem acima da cidade, os conduzia até a torre gêmea.

"Pode dar uma olhada tranquilamente", disse um dos guardas. "Temos tempo. Será sua última visão da cidade."

"Como se *toda* olhada não fosse a última. Basta olhar para o outro lado e já existe outra cidade. É como um rio: só o nome não muda."

"O senhor que sabe. Podemos continuar andando."

Era como estar no interior de um acordeão, um acordeão quase totalmente aberto, cujas faces eram de vidro grosso. Era uma ponte suspensa, na verdade, projetada para as torres gêmeas balançarem para frente e para trás. Agora que Wult podia ver as profundezas, calculou que devia ter cerca de cento e quarenta andares de altura.

Dois guardas atravessaram a ponte, um terceiro parou na entrada, e o quarto seguiu de perto o prisioneiro no corredor da morte. Benny Wult olhou para o tapete espinhento da cidade. De fato, as gruas que ficavam entre os prédios, como garças entre os juncos, bem finas e retas, de vez em quando balançavam um bico saliente. À medida que o meio-dia se aproximava (e essa percepção aumentava a fome de Benny), o sol brilhava quase diretamente nas ruas profundas, iluminando os tetos amarelos dos táxis. Uma única mosca movia-se lentamente entre os carros em miniatura, entre os quais, depois de prestar mais atenção, reconheceu uma carroça preta reluzente com um cavalo na frente, movendo-se em sua própria sombra rastejante.

"Isso é o que acho fascinante nesta profissão, senhor", o guarda falou. "Olho por cima do seu ombro e vejo a cidade através dos seus olhos, por assim dizer. Ou seja, pela última vez. Acho isso fascinante. Eu também faço isso quando me aproximo da cidade de barco ou trem, mas ao contrário. Sempre escolho um turista e tento ver tudo pelos olhos de alguém. Ou seja, pela primeira vez. É muito fascinante, mas não tem nada a ver com a minha profissão. O senhor sabe o que eu quero dizer."

"Claro."

As sombras dos helicópteros serpenteavam — distorcidas — em torno da esquina das torres. Eles também deslizaram, mais uniformemente, sobre os telhados planos, que muitas vezes tinham piscinas afundadas. Dessa forma, Benny Wult descobriu um mundo inesperado de nadadores, que existia em dez, vinte, cinquenta, até cem andares ou mais, acima do térreo. A cidade, agora pálida, também poderia ser concebida como um pedaço de terraço rochoso, com o retângulo azul-celeste de uma piscina em cada superfície plana. Em alguns telhados também foram instalados jardins bem sombreados, com vegetação pendendo das beiradas. Sobre um prédio de quase cem andares pairava a névoa fina de um sistema de irrigação, e ali, entre árvores pontiagudas em grandes tinas, Benny Wult viu um — pequeno — arco-íris pela primeira vez na vida.

"Oh, senhor, olhe...", o guarda apontou para um nadador que, a dois metros, mas ainda cerca de sessenta andares acima do nível da rua, pulou de um trampolim e se dissolveu em uma nuvem de pequenas bolhas leitosas.

De repente, Wult caminhou até o final do corredor de cabeça erguida, sem olhar para a esquerda ou para a direita, para baixo ou para cima. Ele ouviu os passos rápidos do guarda atrás de si.

"Bem, senhor", disseram do outro lado, "o senhor deu uma olhada muito rápida...".

"O senhor realmente percebeu que é sua última vez, né?"

"Sou crente. Não tenho dúvidas de que vou rever toda essa selva estilizada."

Ele estava com fome.

O assento ejetável

"*Quando o diretor da prisão, acompanhado por dois guardas e um clérigo, veio buscá-lo no corredor da morte... 'Chegou a sua hora. Seja corajoso...'*" Por mais que ele tivesse ouvido e lido sobre isso, havia algo extremamente irreal naquilo. Mesmo quando apareceu no jornal, era algo de outro mundo.

E agora estava acontecendo com ele.

O diretor da prisão, os guardas, o padre... quase não havia nenhuma diferença daquilo para o que Wult havia lido nos relatórios, exceto que o diretor anunciou a visita de um modo menos formal, quase cordial, embora evitasse olhar o condenado nos olhos.

"Senhor Wult, eu não tenho que lhe explicar o que viemos fazer aqui, tenho? Sua dignidade durante o julgamento e sua permanência nesta cela não deixaram nada a desejar, e só posso recomendar que mantenha essa dignidade até o fim. Desejo-lhe tudo de bom." E disse aos guardas: "Sem algemas. Eu me responsabilizo pelo senhor Wult."

Claro que ainda havia uma grande diferença em relação a todos os casos de execução de que ele já tinha ouvido falar, mas isso era mais de natureza emocional. Ele, Benny, em vez de ficar apavorado, sentiu a emoção de quem estava fazendo uma longa viagem: ansioso pelo destino, ao mesmo tempo nervoso e com a preocupação de que tudo corresse bem. Era uma viagem a caminho de Gini.

Fora isso, havia apenas fome. Ele não se importava que a refeição do meio-dia, pela qual passou metade de sua vida esperando, fosse um jantar de um condenado à morte, contando que trouxessem algo para comer.

"Poderia me dizer", perguntou ao diretor da prisão, "se vão servir uma refeição?".

"Claro. Será preparada enquanto o senhor toma banho."

Eles marcharam pelos corredores em uma espécie de formação cruzada: o diretor na frente, o padre atrás e Wult no meio, ladeado pelos guardas. Levaram-no a um grande banheiro de azulejo verde-claro, com tamanha profusão de espelhos numa parede que Wult não teve dificuldade em imaginar as cabeças de todos os tipos de psicólogos por trás dele. "O comportamento do condenado pouco antes de sua execução."

O diretor deixou os acompanhantes irem na frente. Ele mesmo não entrou, provavelmente porque ainda tinha algumas coisas para resolver.

A tina estava pronta no meio do quarto, fumegante, sem espelhos embaçados, aliás. Do lado, vestido com um jaleco branco, estava um homem arrumando instrumentos de cabeleireiro sobre uma mesa. Ele não olhou enquanto Wult entrava. Os guardas se alinharam de cada lado da porta, de maneira que Wult não poderia vê-los.

Enquanto este se despia, o padre continuou a andar para cima e para baixo, como se estivesse rezando (e talvez estivesse mesmo rezando), olhando para o chão de ladrilhos. O barbeiro colocou um plugue de borracha grosso em uma tomada aterrada. A água, sem espuma, estava na temperatura certa. Wult se acomodou com prazer na água. Quando estava prestes a submergir, uma voz soou atrás dele: "Não molhe o cabelo, por favor."

Wult se endireitou de novo. Imediatamente algo começou a zumbir, e logo a seguir sentiu o metal frio da tesoura em seu pescoço. Mechas de cabelo arranhavam suas costas. Seu cabelo não tinha sido cortado desde o acidente da vela. Só porque pensou que esperavam que tivesse um pouco de humor cínico, ele disse: "Tenha cuidado com a máquina, senão vou morrer eletrocutado na tina. Sem testemunhas oficiais. Bem, a menos que aqueles rapazes atrás dos espelhos contem como testemunhas..."

O cabeleireiro não respondeu nada. Ele continuou a capinar seu instrumento intensamente no cocuruto do homem condenado. As mechas de cabelo também rolaram sobre o peito de Wult, e as que não grudavam em sua pele molhada flutuavam na água.

No alto da parede ladrilhada, do lado oposto ao dos espelhos, atrás das grades, havia uma janela pivotante de vidro reforçado — aparentemente voltada para o sul, pois o sol, que logo teria atingido seu ponto mais alto, conseguiu alcançar uma poça de luz abaixo da parede. Wult pensou em Gini, com ternura, mas também com alguma apreensão. A que horas ocorreria sua execução no presídio feminino? Ela sofria demais pelo filho que tinha que abandonar neste mundo?

Não muito tranquilo, do nada, sentiu a necessidade de falar com o padre, não como o condenado que, cara a cara com a morte, de repente pede ajuda espiritual, não, mas para confirmar as certezas em que baseou a sua empreitada.

"Padre...?", sua voz soou mais alta do que o pretendido.

O padre, que, assim como os outros, se mantinha em algum lugar atrás de Wult, parou de andar e disse, quase engasgando em suas orações:

"Sim, meu rapaz. Estou ouvindo."

"Como vou imaginar a eternidade, padre?" Era um questionamento delicioso e infantil, que se direcionava para um caminho conhecido.

"No sentido estrito... não existe eternidade, meu rapaz. Apenas eternidade relativa. No mundo que chamamos de Inferno, por exemplo", ele acrescentou rápido o "por exemplo", aparentemente percebendo quão indelicado era começar com Inferno neste caso, "há uma repetição tão exasperante... praticamente cada fenômeno, cada evento, cada coisa, retorna com tanta frequência e quase da mesma forma que surge uma sensação de eternidade. Por outro lado...".

O cabeleireiro desligou a máquina e pegou um pincel de barbear. "Se não se importar", ele murmurou, mergulhando a escova na água do banho.

"Vá em frente."

O cabeleireiro girou a escova na bacia de barbear como se estivesse batendo nata.

"O mundo, por outro lado, que chamamos de Céu", continuou o padre, "é uma versão ideal de nosso próprio mundo familiar do aqui e agora. Ali, do outro lado, nossa vida se ilumina tão breve e intensamente que há também uma sensação de eternidade, mas depois de felicidade eterna... de excitação eterna... Uma eternidade quase perfeita condensada em um momento quase indivisível".

O cabeleireiro da prisão começou a ensaboar, batendo no crânio ainda irregularmente aparado de Wult.

"Comparada a esse momento quase indivisível e carregado, nossa vida aqui e agora, por mais curta que a sintamos, é um Inferno de prolixidade. É isso que os Livros sugerem."

Sob o dedo mindinho erguido do cabeleireiro, a lâmina de uma navalha arranhava o cocuruto de Wult.

"Os mortos, padre... têm um corpo como nós... como eu tenho agora... ou são apenas sombras? Espíritos desalojados de seu invólucro físico?"

Wult havia se virado para o padre, mas o cabeleireiro, querendo fazer bem o seu trabalho, endireitou a cabeça com uma força suave e depois a empurrou com o queixo contra o peito, pois ainda não tinha raspado o pescoço.

"Os mortos, tanto os que vão para o Inferno quanto os que vão para o Céu, permanecem entre nós. Eles vivem em seus próprios corpos, mas em outro estrato temporal. Em outro andar, por assim dizer. Eles levam uma existência corporal, mas não são perceptíveis para nós, os que ficamos para trás. Embora, é claro, sempre haja pessoas que afirmam ter tido contato com seus mortos..."

O barbeiro limpou o resíduo de sabão com um pano: a cabeça estava careca. "Posso interrompê-lo por um momento? O senhor está com a barba por fazer... Não é obrigatório, sabe, mas eu não deveria apará-la também? Aliás, daqui a pouco, eu também preciso fazer a panturrilha direita."

"Nunca fiz a barba antes. Minha barba cresceu tarde. Mas por que não? Vou viajar com mandíbulas lisas. Pode fazer."

Agora a cabeça de Wult estava para trás. O crânio raspado fazia a barba parecer mais cheia. O cabeleireiro limitou-se a bater com a escova, ainda saturada de sabão, na água do banho.

Mais uma vez, Wult queria ter a confirmação pela boca de alguém que sabia do que se tratava.

"Padre, no Inferno... no que o senhor descreveu como Inferno... todos os atos podem ser repetidos?"

"Em princípio, sim, meu rapaz. Repetível com a mesma frequência até que o ato..." — aqui o homem de Deus hesitou outra vez, como se achasse inadequado pintar um quadro muito negativo do que era quase certamente o destino de Wult.

"Sim, padre?"

"... até que o ato, bem, cause saciedade. Os Livros têm uma palavra para se referir a isso, para essa repetição exasperante. Tédio."

"Tédio..."

"Tédio, sim."

"E o castigo de quem vai ao Inferno consiste nisso?"

"Em tédio — até a exaustão. Até querer morrer."

"Mas morrer, falecer..." Wult não conseguiu terminar sua frase, pois teve que manter o lábio superior tenso para a faca do barbeiro. A porta se abriu, e um funcionário da prisão entrou com uma caixa de sapatos debaixo de um braço e um terno numa manga de plástico com um gancho de cabide saindo por cima do outro. O homem colocou a caixa no assento de uma cadeira e pendurou as roupas no encosto. Evitando ansiosamente olhar para o infeliz na tina, ele saiu da sala na ponta dos pés.

Com a navalha roçando seu pescoço, Wult ainda estava tendo dificuldade para falar. "O senhor mesmo disse que os habitantes do outro mundo, do Inferno, têm corpos como nós. O corpo é mortal. Se morrer é contado como um ato, a morte ocorrida ali também pode ser repetida a ponto de exaustão?"

"A sabedoria dos Livros não vai tão longe. Mas isso tampouco é relevante, dada a impressão de eternidade, de repetição eterna, da qual, uma vez ali, torna-se presa do Inferno. Nunca se chega ao fim da vida, por assim dizer."

"E o amor..."

O barbeiro, acabando de barbear, pediu a Wult que apoiasse a perna direita na beirada da tina.

"... o ato de amor também é repetível..."

"Claro."

"... ao ponto de exaustão?"

O barbeiro começou a ensaboar a panturrilha. Wult virou-se para o padre.

"Receio que sim." De repente, talvez por causa da veemência com que a pergunta havia sido feita, o padre pareceu perceber tudo, acrescentando, embora com pouca convicção na voz: "Embora possa haver exceções. Grandes amores que resistem ao desgaste da repetição..."

"Os mortos vão se encontrar?"

"Os mortos no Céu vão se encontrar, e os mortos no Inferno vão se encontrar".

O ponto de luz abaixo da janela ainda estava lá, sem mudança visível de posição ou forma. A parede externa aparentemente ficou tão aquecida que o ar tremeu e ondulou, fazendo com que a poça de luz do sol no chão de ladrilhos ondulasse como água. "Para ser exato", disse para si mesmo, "como a água tocada brevemente por uma libélula".

Quando ele entrou, apesar do fato de que dentro deveria estar tão quente quanto lá fora, apenas aquele ponto de luz tinha chamado sua atenção, sem a ondulação. Será que o medo repentino da execução o deixou lúcido? Wult olhou a luz do sol líquida sobre o cabeleireiro, que aparava os pelos de sua panturrilha com movimentos calmos e longos, limpando a cada vez a faca em um pano. A água do banho estava cheia de flocos de sabão de barbear salpicados de pedaços de barba. Só agora, em sua lucidez, a imagem certa lhe ocorreu: *ele era um carneiro sendo tosquiado para o abate.*

Seria por causa do ceticismo um pouco cansado que sentira nas palavras do padre? Por causa de algo untuoso e enganoso em sua voz? Wult foi invadido pela dúvida, que gerava o medo da morte, causa de sua lucidez.

Eles notaram que algo dentro dele estava começando a se fortalecer? Depois que o cabeleireiro pediu a Wult que se levantasse enquanto lhe dava o chuveiro de mão, os dois guardas chegaram à tina com uma grande toalha de banho desdobrada entre eles. A água quente do chuveiro irritou seu couro cabeludo raspado. Os últimos restos de cabelo e sabonete de barbear escorregaram dele. O cabeleireiro tirou o tampão do ralo, levantando a manga do jaleco branco acima do cotovelo.

Wult esperou, antes de sair do banho, até que a água estivesse completamente drenada, a fim de ainda ter a oportunidade de enxaguar os círculos sujos de seus tornozelos. Levou um longo tempo. Eles o banharam e o barbearam para dar à morte um acesso mais fácil ao seu corpo, e ele ouviu o barulho da água espremendo-se por aquele ralo cheio de pelos, como se sua alma já tivesse sido lavada. Eles também depilaram Gini na prisão feminina? Seria possível retomar o fio do amor naquele outro mundo sem alma?

Os guardas enrolaram a toalha em volta dele como se fosse uma camisa de força. Ele não conseguia se mover, e eles o faziam sentir que isso não era necessário, esfregando e amassando as partes de seu corpo de modo grosseiro e desajeitado. Por fim, deixaram para ele apenas os cantos e as dobras difíceis de alcançar. Não tinham medo de apontar-lhe os lugares ainda úmidos.

"Ah, tá. Mas não é como se eu precisasse ir para o teatro."

"É para o seu próprio bem. Quanto mais seca a pele, menos marcas de queimaduras."

"Para a conveniência das testemunhas, você quer dizer. Que eles não fiquem com mau cheiro no nariz."

Os guardas se entreolharam com satisfação. O cinismo repentino de Wult foi visto como um sinal de que a resistência havia começado. Sua visão de mundo foi restaurada. Enquanto o cabeleireiro arrumava suas coisas e o padre permanecia pacientemente na porta, os guardas ajudaram Wult a se vestir. Dentro da caixa, em cima dos sapatos, havia roupas íntimas e meias caras. O terno era da melhor qualidade e se encaixava perfeitamente em seu corpo. Ele entendeu por que um senhor um tanto nervoso viera ao corredor da morte a fim de tirar suas medidas tão meticulosamente. Até uma gravata foi fornecida. Wult já não estava mais calmo e teve que pedir a um guarda para amarrar a gravata para ele por causa das mãos trêmulas.

"Minha esposa faz isso por mim."

O outro, ainda muito jovem, pedia que sua senhoria o fizesse. O padre se aproximou e pegou a gravata deles sem dizer uma palavra. Usou seu próprio pescoço para colocar o laço, frouxamente.

"Pegue."

Um terno nunca tinha caído tão bem em Wult. "Sem chapéu?", ele perguntou, quando a porta se abriu. "Vou ficar resfriado nesses corredores cheios de correntes de ar." A insegurança em sua voz expôs sua bravata.

Wult olhou de novo para a poça de luz do sol cintilante, e de repente houve a certeza de que este era um adeus definitivo. Um adeus para sempre ao corpo celeste que acompanhou sua vida e seu amor, e lhe deu o desejo de algo mais. Ele estava convencido de que não havia outro mundo em que veria o sol novamente. Nem o sol, nem Gini.

A grande mesa da antecâmara estava tão cheia de pratos que Wult ficou surpreso ao ver que era apenas para uma pessoa. O próprio diretor da prisão puxou a cadeira para trás.

"Sente-se, Sr. Wult."

Sentou-se mecanicamente. Ele prendeu o colarinho assim como lhe ensinaram na época da escola, sem que trouxessem comida para a mesa.

"Desejo-lhe uma boa refeição."

Wult examinou a mesa como uma vez tinha examinado uma paisagem. A cesta cheia de sanduíches de diferentes formatos. A garrafa já aberta de vinho tinto com um pano engomado no gargalo. Um tablete de manteiga aberto. Folhas de alface enroladas, verdes e vermelhas, com rodelas de cebola ao redor, como argolas de guardanapo. Mais adiante, uma torta de maçã, coroada com uma grade amarelo-dourada. Uma tigela cheia de frutas...

Wult conhecia muitas comidas só de ouvir falar, outras ele tinha visto de longe, no prato de uma pessoa mais velha. Ele levantou as tampas das tigelas aqui e ali. Batatas assadas em molho leitoso... Um coelho assado, com cabeça e tudo... brócolis fumegantes. Ele ansiou a manhã inteira de sua juventude por esta refeição, sem suspeitar que seria sua refeição de condenado à morte, e foi ficando mais faminto à medida que o desjejum que sua mãe lhe dera com seu próprio corpo começou a desaparecer. E agora que chegou a hora, no auge do dia, não tinha mais fome.

"Sirva-se, sr. Wult. Seu tempo é limitado."

Ele espetou o garfo para a esquerda e para a direita, deu uma mordida com o estômago apertado, só para provar. Não gostou. Não aguentou. Contava fazer a viagem para Gini com o estômago cheio. Agora tinha apenas a sensação de comida enterrada em um corpo pouco antes de ser enterrado. Ele partia para um nada incerto, e nenhuma provisão era necessária para isso. Wult tinha se enganado, tinham lhe mentido toda a vida e, no entanto, lamentava ter perdido a fé. Se pudesse continuar acreditando um pouco mais na mentira, ele teria entrado na sala ao lado com a cabeça erguida.

Wult forçou mais alguns pedaços na garganta, só para passar o tempo. Ele não tocou no coelho.

Um telefone tocou na sala ao lado. O diretor, que assistia à refeição com um sorriso paternal, desculpou-se. Ele abriu a porta para uma pequena sala, que não poderia ser de nenhum modo a de execução. A conversa foi curta. Quando voltou, o rosto do homem estava sério. Ele ainda evitava olhar diretamente para o condenado.

"Fui solicitado a informá-lo de que a senhorita Trades acaba de ser executada na prisão feminina."

Wult largou o garfo. Gini havia desaparecido... e *não* para aquele outro mundo onde eles tinham um encontro. Não, ela tinha se dissipado. Não existia mais. O amor deles, destinado a ser repetido, agora existia apenas em *sua* memória, e isso também logo seria queimado por um choque elétrico.

Gini teria mantido a ilusão de um reencontro até o fim? Wult a viu subir na cadeira, sorrindo orgulhosamente, e ficou convencido de que ela estava apenas passando por um portão.

Querida e corajosa Gini. O pensamento do nada absoluto era um conforto na medida em que nenhuma consciência poderia lhe dizer que ela devia se sentir enganada.

"Se está pensando na sobremesa... Seu tempo está acabando."

"Já terminei de comer." Wult empurrou a cadeira para trás e se levantou. "Estou à sua disposição."

Ele também tinha que ir, o mais rápido possível. Aquelas poucas mordidas, contra sua vontade, o deixaram um pouco enjoado. Sentia-se maculado, preferia morrer sóbrio, apenas com a lembrança do leite materno.

"Bem, então vamos."

Os dois guardas permaneceram cada um de um lado de Wult, prontos para agarrá-lo pelos braços à menor tentativa de resistência. Ele sentiu a presença do padre, com quem não havia trocado uma palavra, logo atrás dele. O diretor conduziu o grupo até a pequena sala intermediária onde o telefone estava pendurado. Havia espaço suficiente para acomodar quatro pessoas nessa formação.

Wult sabia que atrás da porta se encontrava o carrasco, preparando seu brinquedo.

Tinham acabado de entrar quando o telefone começou a tocar. O diretor pegou o gancho, escutou por um momento, apenas disse "Como quiser". Esperou até que a chamada fosse interrompida, então discou um número de dois dígitos.

"Execução adiada até novo aviso."
Os guardas aparentemente sabiam o que isso significava. Eles pegaram o condenado pelos braços e o fizeram girar cento e oitenta graus, depois o levaram com uma ligeira força de volta à sala de espera. Lá, o pessoal da prisão estava limpando a mesa.
"Sente-se um pouco."
Wult usou esse inútil tempo a mais para recordar Gini Trades da única maneira que podia: relembrando os detalhes de seu amor.

O telefone tocou novamente.
"Adiamento suspenso."
Enquanto esperava na sala do meio, não foram feitas mais ligações. No entanto, depois de um tempo, um objeto duro foi batido na porta do outro lado da sala de execução. Três batidas, golpes leves, em intervalos solenes.
"Está na hora", disse suavemente o diretor. Ele abriu a porta e lá estava o carrasco, segurando o cajado com uma raposa de prata ou cabeça de lobo na ponta, com a qual a batida havia sido feita.
Para Wult não era mais surpresa que o carrasco, *justo* o carrasco, evitasse enfaticamente olhar para ele. Assim, o cortejo de olhares desviados de Wult estava completo. Ao passar pela soleira e pelo carrasco, sentiu pelo cheiro que o homem havia tomado um gole. Alcoolismo ou suicídio, ou ambos: mais cedo ou mais tarde o carrasco se torna o mártir de suas vítimas. Wult olhou para ele com simpatia.

A sala de execução, com pelo menos cinco metros de altura, media cerca de oito por doze metros, mas era dividida em duas partes por pesadas cortinas, sendo a maior de oito metros quadrados. Bem no meio das cortinas, que iam de parede a parede e estavam penduradas do teto ao chão, havia uma abertura do tamanho de uma porta dupla, como se alguém estivesse trabalhando com uma tesoura. Atrás dela, na menor das duas salas, havia cinco ou seis bancos, um atrás do outro, como em uma capela. Não havia nenhuma janela nas paredes pintadas de verde-claro. Sua despedida do sol não foi prematura. Estava frio, quase frio.

No meio da grande sala, aparafusada ao piso de ladrilhos, estava a cadeira.

Havia tantos holofotes montados em todos os lugares e fixados em trilhos rentes ao teto, como no teatro, que todas as sombras foram eliminadas. Nem mesmo as correias e fivelas fizeram a menor das sombras. No local reinava a absoluta luz do dia, sem qualquer nuance. Isso, juntamente com as proporções exageradas da cadeira, que exigiam um conjunto de almofadas, dava a ela um aspecto ameaçador.

Mas os móveis também tinham algo que inspirava confiança, principalmente porque eram feitos de *madeira*. Madeira, afinal, protegia da eletricidade. Quem quer que estivesse em uma prateleira tinha chance de sobreviver a um choque elétrico grave. Foi isso o que lhe ensinaram.

E as correias e fivelas... Apesar de seu tamanho, neutralizado pelas dimensões da cadeira, lembravam o arnês de um cadeirão de bebê — um andaime para a vida e não para a morte.

Um movimento arrastado fez Wult desviar o olhar de seu trono. Do outro lado das cortinas, os bancos se encheram de curiosos. Testemunhas oficiais. Um seleto grupo de jornalistas. Médicos. Wult também reconheceu alguns membros de sua família, incluindo sua mãe. Não saberia dizer se havia algum parente da vítima. Ele viu dois homens entrarem, tateando para a frente com finas bengalas brancas no banco de trás: possivelmente representantes da União dos Cegos, que queriam testemunhar através do cheiro a punição pelo assassinato de um colega indefeso.

Foi só quando os guardas, empurrando-o de leve, quase ternamente, quiseram levá-lo à cadeira, que Wult desenvolveu os sintomas comumente atribuídos a um condenado a caminho do cadafalso. Como se, aos olhos do mundo, se sentisse obrigado a interpretar aquela cena.

"Eu cometi aquilo... eu cometi aquilo... mas é um mal-entendido. Um mal-entendido religioso. Uma questão de metafísica... mal interpretada. Minha infância... minha educação..."

Ele parecia um estranho para si mesmo. Não reconheceu sua própria voz. Não sentiu medo, mas um grande tremor. Sua respiração, sempre um fenômeno completamente natural, em que nunca tinha pensado, de repente penetrou dolorosamente fundo em seu peito e espremeu seu caminho através do nariz e da garganta com a mesma dor, em quantidades irregulares. Ele fez barulhos chocantes.

E com aquela respiração espasmódica que lhe quebrava a voz, ele repetia que era "um mal--entendido religioso", "uma questão de metafísica...".

Wult havia se rendido à morte, mesmo tendo perdido a fé em outro mundo, e ainda assim seu corpo — contra sua vontade — oferecia resistência teatral, forçando os guardas a apertar todos os dedos ao redor de seus braços. Eles o arrastaram para a cadeira, por fora um homem em agonia, por dentro espantado com o fracasso de seu comportamento estoico.

O terror da morte, que tinha que estar em algum lugar, fazia com que tudo o que ele observava, cada detalhe, acústico e visual, penetrasse com dolorosa agudez por seus sentidos, agora inúteis. Por exemplo:

O carrasco colocou a bengala em um canto. Agora ele via que de fato era a cabeça de um lobo.

Sua mãe, completamente grisalha, usava um vestido azul-escuro com cinto laqueado de branco.

A alavanca presa à parede dos fundos da cabine de vidro do carrasco parecia um diapasão enorme.

Os guardas o puxaram para a cadeira. Suas pernas tropeçaram para trás.

"... um mal-entendido... golpe metafísico..."

Sua voz tinha assumido um tom suplicante. Sentou-se na cadeira, retorcendo-se, como uma criança encolerizada. As fivelas ressoaram na madeira. Os homens eram fortes. Cada um de um lado, eles prenderam um braço do condenado à grade com uma tira de couro. Colocaram uma espécie de cinto de segurança ao redor de sua cintura, como em um avião, e um cinto também foi apertado em volta do peito e dos braços. Wult pensou que poderia facilmente se livrar da tira de couro que beliscava sua testa, mas ele teria que deslizar para baixo, o que era impossível.

Espalharam uma pomada fria em seu crânio raspado e puseram um capacete de metal (igualmente frio). E de repente — ele raramente tinha experimentado isso em seu mundo de luz — ficou extremamente escuro ao seu redor: cobriram seu rosto com o capuz.

Os guardas tiveram mais dificuldade em segurar as pernas, porque os pés estavam entregues a uma espécie de dança de sapateado extática. Wult deu a seus espectadores um *show* e tanto. Depois que as tiras de couro foram presas em torno de seus tornozelos, a manga da perna direita da calça foi enrolada acima do joelho.

Ele ficou ali, nu em pelo: velado, mascarado, encapuzado, vestido, a cadeira como uma capa estranhamente rígida em volta dos ombros — e então a perna nua, ficando ainda mais nua porque grande parte do pelo da panturrilha havia sido raspado.

Os músculos da panturrilha se contorceram como cobras em um saco.

Wult ouviu um guarda ajoelhar-se diante de seu trono, algo que, com a unção de sua panturrilha, parecia ter saído de um conto de fadas. "*Majestade*..." Mas então ele percebeu, ou melhor, seu medo percebeu que a pomada devia ser algum tipo de chiclete, destinada a manter os eletrodos no lugar. Wult naturalmente se preparou para o contato com a placa de metal. Sentiu um frio na perna, mas ele veio da esponja molhada que aparentemente cobria a placa.

Não havia mais ninguém perto dele. Todos ficaram em silêncio. Wult nem sequer ouviu uma respiração... No entanto, porque seus sentidos estavam muito afiados — não por ansiedade, mas por medo —, acabou notando, mesmo não havendo nada para ouvir ou ver, o diretor da prisão de pé, feito um maestro entre a afinação dos instrumentos e o início do concerto. Cabeça baixa, braços estendidos para o lado. Ele ergueu a cabeça e os braços, o olhar fixo no condenado que não podia mais paralisá-lo com os olhos, e... o carrasco bateu com o diapasão na parede.

Como havia ocorrido da última vez, o estalido embaixo do assento e o choque do lançamento foram tão potentes que, por um momento, ele perdeu a consciência. Era assim que o boneco dentro da caixa se sentia quando a abriam, e a mola espiralada o lançava para cima.

No momento seguinte, já recuperando a consciência, ele disparou na cadeira em alta velocidade por nuvens rodopiantes. Seu nariz sentia (mas como podia sentir algo se, afinal, estava usando uma máscara de oxigênio?) o cheiro de cabelo queimado e carne chamuscada. Seu companheiro ainda deveria estar no avião em chamas. Era uma situação paradoxal a do caça a jato com dois tripulantes: quem sentasse na frente e visse o perigo chegando, só poderia lançar seu assento ejetável depois que o companheiro atrás dele saísse...

Só agora percebeu que tinha vomitado. Deve ter acontecido naquele momento de descuido após o estalido... Agora, como o haviam ensinado tão enfaticamente durante o treinamento, ele teria que lamber sua máscara de oxigênio, caso contrário a mangueira entupiria.

Achou surpreendente experimentar do nada, precipitando-se entre as nuvens rotativas, uma velocidade que não havia sentido no avião. A sensação não durou muito, pois outro solavanco interrompeu seu impulso e cortou as alças da cadeira em seus braços. O paraquedas havia se aberto. Por um momento, Wult sentiu como se estivesse sentado no ar, em uma nuvem, por assim dizer, mas então o paraquedas o arrastou para o lado.

A cadeira...! Por que aquela coisa ainda estava presa a ele? Ele puxou as alças, até que a cadeira deslizou debaixo dele, e muito calmamente, rolando silenciosamente, fez seu próprio caminho através das nuvens. Wult também tirou a máscara de oxigênio manchada.

E de repente, enquanto descia devagar à terra, havia uma sensação do maior prazer possível, não apenas na cabeça e no peito, mas também na parte inferior do corpo. Era como o deleite de alguém que se aliviava a torto e direito. Sim, assim estava bom... assim estava bom...

Ele não tinha perdido o cheiro pungente de cabelo e carne queimados, mas isso não o incomodava mais. Ele parecia estar à mercê somente de uma pequena parte da força da gravidade, e o resto era resistente ao ar. A força da gravidade parecia vencer muito aos poucos, mas sem coerção, sem intromissão, e mais do que uma força, era uma isca.

"Venha. Por aqui..."

As nuvens pararam, logo abaixo estava a cidade. Ele olhou para cima. O campo de nuvens, que parecia uma selva impenetrável, encolheu um tanto inocente com uma borda dourada. Uma nuvem, uma nuvenzinha, apenas para acentuar o azul profundo do céu.

A cidade com seus prédios finos e pontiagudos jazia como uma cama irregular de pregos prontos para amortecer sua queda. O sol estava no seu ponto mais alto, penetrando nas profundezas dos vales e riachos retos que formavam o mapa da cidade. A quase ausência de sombra teria tornado a inclinação, a profundidade, a ponta ainda mais aterrorizantes, se o paraquedista não tivesse aquela sensação de paz e imperturbabilidade. Ele tinha certeza de que tudo acabaria bem.

Mais à direita, em direção ao extremo sul da ilha, os prédios ficaram mais altos e mais espinhosos, assim como a área à sua esquerda, onde a cidade subia em direção ao grande parque. Era como se ele estivesse olhando para uma vassoura gasta, mas ainda com cerdas nas pontas e tocos roídos no meio.

Algo frio tocou seu peito, mas ele não estremeceu, nem mesmo sentiu arrepios. A coisa fria se movia em pequenos saltos sobre seu torso. Uma rã, um sapo, igual àquela da brincadeira que seus amigos faziam com ele, quando eram pequenos?

Wult abriu os olhos. Um médico tateou sob a camisa desabotoada com um estetoscópio no peito. O rosto do homem estava indiferente, entediado. Ele soltou os braços do instrumento de suas orelhas, prendeu-os em volta do pescoço e se levantou. Um guarda, que Wult não se lembrava de ter visto antes, recebeu um aceno quase imperceptível do médico, depois do qual se virou para a porta.

Wult ainda estava sentado na cadeira de madeira, mas as correias estavam desafiveladas. Não havia mais vestígios de eletrodos. Diante de seus pés, uma poça errática se espalhava pelo piso de ladrilhos, uma ramificação trêmula, ziguezagueando nas juntas retas, rastejando em direção a uma mulher que acabava de mergulhar um esfregão em um balde de água com sabão. A virilha e a perna direita de suas calças, até a parte enrolada logo acima do joelho, estavam quentes e encharcadas.

Ele não viu o diretor da prisão em lugar nenhum, nem os guardas que o trouxeram. A jaula de vidro do carrasco estava vazia; a forquilha apontava a alça para cima.

A empregada retirou o esfregão pingando do balde e o jogou na poça de urina. Ela murmurou para si mesma, com raiva, do jeito que faxineiras fazem, que tinha que limpar a porcaria das outras pessoas o tempo todo. Envergonhado, Wult se inclinou para abaixar a manga direita da calça, só então se dando conta de sua condição destroçada. Ele estava destroçado. Restos carbonizados da esponja haviam se agarrado à sua panturrilha, que doía violentamente.

"Levante essas pernas", estalou, agora mais próxima, a voz da mulher em um tom agudo e metálico que não combinava com seu corpo rechonchudo. "Eu também tenho outra coisa para fazer hoje."

Wult levantou as pernas com dificuldade. A empregada passou o esfregão sob o assento. Sentado ali, com os braços em volta dos joelhos para evitar cãibras e ainda muito aborrecido para se perguntar o que exatamente tinha acontecido, ele percebeu que estava sujo de outra maneira. A faxineira fungou alto. Ela torceu o esfregão sobre o balde com as mãos vermelhas, depois o estendeu na frente da cadeira no chão.

"Pés para baixo novamente. Obrigada pela sua cooperação. E agora eu gostaria, se me permite, de passar na cadeira."

Wult ficou sentado, atordoado. A mulher tinha as mãos plantadas nos quadris.

"Bem", disse o guarda, não muito amigável, "quer ficar sentado o dia todo? Nós vamos encerrar as atividades. É melhor ir embora".

Wult não entendeu. Claro que tinha ouvido falar que em outras partes do país houve diversas tentativas fracassadas de executar alguém por enforcamento, o que levou a um indulto... Mas por eletrocussão havia casos em que os condenados tinham sobrevivido a uma série de choques elétricos regulares, apenas para, em seguida, simplesmente receberem descargas de uma voltagem maior ainda, até que queimassem completamente.

Ele se levantou com os membros doloridos. Sua cabeça queimava. A perna molhada da calça doía por causa das queimaduras em sua panturrilha. Tonto, com passos rígidos, ele caminhou em direção à porta que o médico havia acabado de fechar. Por aquela porta, lembrou, eles o trouxeram para morrer.

"Ei, ei, por aí, não. Por aqui..."

O guarda pegou Wult pelo cotovelo e o conduziu por baixo das cortinas e pela área das testemunhas até uma porta nos fundos. Os bancos estavam vazios. Para onde sua mãe foi? Será que não conseguiu assistir até o fim? (Ele queria perguntar isso ao carcereiro, mas sua fala parecia paralisada.) Sem dúvida, ela achava que seu filho tinha morrido, e agora ele estava andando, "mais morto do que vivo", mas vivo.

A porta se abriu para um corredor mal iluminado com duas entradas de elevador. Acima do elevador à direita estava escrito VISITANTES, acima daquele à esquerda estava escrito SERVIÇO. O guarda apertou o botão do elevador de funcionários, cujas portas se abriram imediatamente.

"Eu vou descer também."

No elevador, o homem devolveu a Wult seus pertences, inclusive a carteira. Dezenas de andares abaixo, ele abriu-lhe a saída de funcionários.

"Atravesse o pátio por ali, e pronto. O portão está fechado, mas não trancado. E... hum... cuide das marcas de queimadura. Na sua cabeça também. Caso contrário, pode ficar feio mais tarde."

Wult queria agradecer ao homem (talvez também ouvi-lo), mas ainda estava com o grampo na boca. O carcereiro não pareceu achar isso estranho. Fechou a porta de ferro atrás dele, deixando apenas o som da chave na fechadura fracamente audível.

No pátio, onde parecia que mercadorias eram carregadas ou descarregadas regularmente, havia vários carrinhos cuja cor original era traída por uma única lasca de tinta. As latas de lixo altas fediam como as lixeiras de um hospital. Uma mistura de restos de comida e produtos químicos... Escadas de incêndio desciam por três muros altos, terminando cerca de um metro e oitenta acima do solo. Para quem olhava o duto de ar, formavam uma construção tão vertiginosa que Wult quase se sentiu enjoado de novo.

O portão, feito de chapa de ferro, realmente estava aberto. Wult estava na rua.

Era uma rua lateral tranquila e sem personalidade, bastante larga, mas necessariamente estreita entre os prédios altos. Os carros estavam estacionados dos dois lados. A maioria parecia opaca e empoeirada em plena luz do sol. Aqui e ali, dedos de crianças tinham feito hieróglifos caóticos na poeira, mas naquele momento não havia nenhuma criança na rua toda. Nenhuma vida.

O sol devia estar quase no seu ponto mais alto. Wult nunca tinha visto tão pouca sombra ao pé dos prédios. O que chamavam de "jogo de luz e sombra" era na verdade um jogo de conquista de terras extremamente lento e intensamente previsível, no qual o mesmo grupo sempre ganhava por um fio, e assim entende-se que o sol venceu o jogo durante a primeira metade da vida de Wult, e em breve ele poderia testemunhar, durante o resto do tempo que lhe era concedido, como a cidade, com seu progressivo alargamento de sombras e a mesma lentidão, derrotava a luz do sol.

A rua dava para uma ampla avenida de lojas, bares e hotéis, e semáforos suspensos acima da estrada. Não havia público. Ao longe, em um cruzamento, havia uma barreira policial, e, pelo azul das camisas, Wult podia ver que ao menos vinte policiais estavam bloqueando o tráfego. Ele viu uma fila de táxis amarelos. No entanto, alguns caminhões pequenos foram autorizados a passar. Por causa das intensas faíscas de luz do sol, ele sabia que eram caminhões de vidro.

Do cruzamento onde Wult estava até o cordão policial, em muitos lugares, puseram diversas vitrines novas. Lá, o sol também teve todas as oportunidades para desencadear explosões de luz nas placas de vidro oscilantes.

No lado da avenida, à direita do cruzamento, onde o tráfego de mão única não exigia cordão, homens de boné e roupa cinza estavam ocupados varrendo cacos de vidro. Não só a vassoura, a pá também tinha um cabo longo, então não havia necessidade de se abaixar. As pás foram esvaziadas em um grande contêiner colocado no meio da estrada. Além disso, sobre rodas invisíveis, havia um carrinho altamente manobrável que, ao que parece, sugava os cacos de asfalto e pavimento. Com o vidro na sarjeta, isso era mais difícil, acabavam fazendo a varredura à mão.

Do outro lado da rua da rua lateral, duas garotas subiram a avenida usando patins e *shorts*. O vidro estalou sob as rodas de plástico. A maioria dos trabalhadores parou por um momento para fazer os comentários habituais.

"Me dá arrepios... esse som, quero dizer."

"Ei, querida, por que você não usa esse negócio comigo? Serei seu trilho."

"Não seria melhor ter rodas sob as nádegas?"

"Na verdade, deveriam ir em direções diferentes — o pé esquerdo e o pé direito, quero dizer."

As janelas da maioria das lojas estavam quebradas. Em algumas, apenas alguns cacos longos em forma de faca sobressaíam das ranhuras; em outras, uma grande estrela de várias pontas, ou melhor, o *negativo* de tal estrela, brilhava no centro da vitrine. Muitas vitrines estavam vazias. Aqui e ali ainda havia peças de roupa em exposição, com migalhas de vidro espalhadas sobre elas, de modo que lembravam figurinos de palco com joias falsas costuradas.

"O que aconteceu?", Wult perguntou a um homem que observava as garotas patinando entre a vassoura e os cabos de lata, como se estivesse entre os bastões de esqui.

O homem olhou para ele zombeteiro.

"O que aconteceu, pergunta... inconsciente de tanta bebida. Sim, e não só um pouco, percebe-se pelo cheiro. Cara, você está com um cheiro... E olhe... de frente também. Este não é o seu bairro. Você está perdido, cara. Volte para sua laia."

Wult prometeu a si mesmo que faria algo sobre seu estado humilhante o mais depressa possível. "Tudo bem, reconheço que tem razão. Mas o que *aconteceu* aqui? E esse vidro..."

"Você não sabe mesmo de nada, hein. A eletricidade acabou em metade da cidade, foi isso o que aconteceu. E, claro, saquearam. Mas o senhor não notou nada. Ah, não."

"Saquearam... O que isso tem a ver com a falta de energia?"

"Ah, cara, vai embora. Dá para sentir seu cheiro a um quilômetro daqui. Como se já não tivesse confusão o suficiente na rua."

O homem lhe deu as costas. Wult atravessou o cruzamento, o vidro rangia sob seus pés. Ele sentiu a urina que encharcava a perna da calça atiçar a queimadura.

"Ei, bola de bilhar!", um varredor de rua gritou atrás dele. E outro: "Perdeu o cabelo?"

Wult não entendeu o que ele quis dizer com saquear depois que a eletricidade acabou. Quase não havia sombra... Como saqueadores poderiam escapar com seus saques sem serem vistos? No entanto, por mais difícil que fosse de pensar, Wult começou a perceber que a falha no fornecimento de eletricidade devia ter algo a ver com o fato de que agora ele estava andando pela cidade como um homem livre. Após a primeira descarga pesada, à qual havia sobrevivido, a energia acabou. A segunda e a terceira descargas não adiantaram, e eles foram obrigados a mandá-lo embora. Devia ter acontecido isso.

Um homem livre... Ele não se sentiu triunfante, nem alegre. Quando Gini foi colocada na cadeira, a eletricidade funcionou perfeitamente. Ele não apenas não foi capaz de segui-la para outro mundo, como não compartilhou seu destino... seu destino sem saída...

O único consolo era pensar em seu filho, que agora podia... Não! Pois ele foi confiado a pais adotivos, e Wult quase certamente seria proibido de procurá-lo.

Ele parou de repente, uma mão sobre os olhos como se quisesse se concentrar melhor em seus pensamentos. Uma prisão dessas, com uma sala de execução... não tinha, como alguns hospitais, gerador próprio para gerar eletricidade? Ele já estava duvidando.

Ele virou em uma rua lateral. Muitas casas foram demolidas. Cercas de madeira estavam na frente dos espaços abertos, onde tábuas estavam quebradas aqui e ali. Atrás de uma cerca bastante incompleta, Wult viu um canteiro de obras em que havia água subterrânea limpa. Escadas e andaimes desciam. Wult sentiu um grande desejo de se lavar ali, mas o pensamento de que teria que vestir suas calças imundas depois de tudo o fez desistir.

Mais adiante, na mesma rua, ele viu, através de uma rachadura na cerca, um terreno baldio coberto de grama. Todo tipo de roupa havia sido estendida para secar ao sol, com as pernas e as mangas bem abertas. Por mais que aquelas roupas esticadas evocassem as formas das pessoas, não havia ninguém à vista. Um gato vermelho passou por uma fileira de cuecas branco-acinzentadas, cheirando brevemente aqui e ali, mas não encontrou nada do seu agrado.

Wult se espremeu pela abertura. Escolheu *jeans*, camisa xadrez azul e cueca, depois enrolou as roupas e voltou correndo para o canteiro de obras. Ali ele se limpou, agachado sobre a água, constantemente procurando possíveis espectadores. O *jeans* estava muito largo para ele, a camisa (provavelmente ainda de menino), muito apertada. Portanto, não as deixou na cadeira em que estava sentado, mas as levou enroladas embaixo do braço.

De volta à rua, ele perguntou a um transeunte onde era o hospital mais próximo. O homem, suando aos borbotões, olhou em volta, provavelmente procurando uma sombra, mas não encontrou nenhuma.

"Eu quase aceitaria acompanhá-lo. Mas esse calor... não aguento. O senhor está com sorte. É aqui perto. Dois quarteirões de distância. Não, três. Acho que é, não consigo nem mais pensar."

"Isso está com uma cara ruim. Como é que o senhor conseguiu se queimar em lugares tão longes um do outro, como cabeça e panturrilha?"

"Pulei por um arco em chamas."

"Não *precisa* me dar explicações."

A enfermeira limpou e enfaixou as feridas.

"Coloquei nitrato de bismuto no curativo. A pomada que estou lhe dando é para mais tarde, quando as manchas começarem a cicatrizar."

Ela até lhe deu uma touca branca, embrulhada em um saco plástico estéril, para proteger sua cabeça do sol.

"Por enquanto, fique na sombra o máximo possível."

A enfermeira era prestativa e doce, uma moça madura, e Benny Wult se pegou imaginando se ela já havia encerrado sua vida amorosa.

"Ficar na sombra o máximo possível", isso era fácil de dizer nesse momento. E a quem ele poderia recorrer para se abrigar dentro de casa?

Wult ficou bastante tempo dentro do vestiário. Do lado de fora, entretanto, parecia haver mudanças perturbadoras na ordem das coisas, embora ele não pudesse dizer de imediato quais eram. Não, não eram os prédios, *especialmente* os prédios, não, pois, desde sua libertação da prisão, as obras pareciam progredir muito devagar, se não completamente paradas. Possivelmente os choques elétricos, que ele ainda sentia zumbindo em sua cabeça, poderiam ter danificado seu cérebro, distorcido suas percepções...

Depois de olhar ao redor com cuidado, de pé nos degraus do hospital, ele achou que sabia o que era. Embora estivesse perto, claramente havia mais sombra nesta rua do que em qualquer outro lugar. Como isso era possível? Como as sombras podiam ser dez centímetros mais grossas, mais largas do que nas outras ruas pelas quais ele passou a caminho do hospital? E... por que só percebeu isso agora? A situação já não era assim quando chegou aqui?

O sol esteve quase perpendicular à cidade, e assim permaneceria por muito tempo. As pessoas se veriam envelhecidas antes de ver o sol mudar de lugar. Assim eram as coisas. Wult sentou-se em um degrau da escada de mármore que levava à entrada principal do hospital e olhou para a sombra angular do outro lado da rua, uma linha de merlões irregulares que media cerca de meio metro da linha de construção. Através de todo aquele olhar forçado, sentado sob o sol escaldante, depois de um tempo, ele pensou ter *visto uma faixa de sombra crescendo*. Era como ver uma poça preta de óleo crescer extremamente viscosa e lenta até a beira da calçada.

Wult tinha certeza, na medida em que era possível ter certeza, em seu estado mental atual: a eletricidade devia ter feito algo em seu cérebro. Havia um movimento enganoso na quietude a que, durante toda sua juventude, esteve acostumado.

As pessoas que subiam e desciam as escadas não pareciam notar nada de anormal. Apenas *ele* percebia. Estava na cabeça dele. Era uma ilusão.

Ele poderia provar isso. Se Wult tivesse coragem suficiente para olhar para o sol, e ele estivesse onde sempre esteve, então... Wult virou-se para o sul. Com uma mão sobre os olhos, deixou seu olhar deslizar para cima, como se fosse uma régua, ao longo do arranha-céu diagonalmente oposto ao hospital. Será que foi por causa do confronto forte e ofuscante, das manchas que entraram ou saíram de seus olhos, que ele pensou ver o sol mais baixo e mais à direita em relação ao prédio? Ficou com medo.

Ouviu-se um clique atrás de Wult. Ele olhou ao redor. Um homem de muletas com um charuto na boca desceu os degraus com dificuldade, ofegante. Em sua camisa, sob as axilas, manchas molhadas eram visíveis. A sudorese devia ser uma doença.

"O senhor também está vendo? O sol..." Wult apontou para cima. "O sol está se movendo. As sombras..."

"Sim, claro, sabichão", o homem retrucou, olhando diretamente para a escada perigosa. "Essa coisa provavelmente se move. Será que nunca se moveu? Só que ninguém deveria vê-lo a olho nu."

"... as sombras também estão crescendo."

"Tomara que fiquem um pouco mais altas. Talvez possamos nos abrigar esta tarde."

O homem parou dois degraus acima de Wult e tirou o charuto da boca, enquanto a muleta permanecia presa em seu braço com um cabo de metal. "É claro que esse esparadrapo não é grande o suficiente para toda a cabeça. Melhor colocar o gorro, senão vão confundir insolação com filosofia."

Ele apertou o charuto entre os dentes novamente e continuou se esforçando para chegar à calçada. Sem olhar para trás, disse: "Vou abrir seus olhos para a filosofia. Essa coisa não se move. Provavelmente, o que você sente se movendo é o globo terrestre. Acontece com mais frequência quando começa a ter tonturas. O hospital está logo atrás do senhor".

Durante a conversa, a faixa de sombra do outro lado já havia se desenrolado um pouco mais, não muito, mas isso ainda era perceptível. Ninguém parecia se importar, ninguém, que o dia de repente estivesse passando tão rápido. Ou essa aceleração sempre existiu apenas em sua cabeça?

No decorrer da tarde da vida de Wult, o sol continuou a descer em direção à Terra na mesma velocidade alarmante. A cena teve uma queda tão grande, de autodestruição, que Benny ficou até surpreso ao ver o sol manter sua órbita original em vez de ir direto para baixo.

A vida das pessoas corria em ritmo acelerado, mas ninguém parecia ter pressa. Pelo contrário: para Benny, elas pareciam ir mais devagar e mais lentas, piscando sonolentas por causa do calor, como gatos flácidos. Bocejando com frequência — como se a morte fosse algo para o qual devessem abrir a boca avidamente, sem gritar. Ele próprio parecia ser o único na cidade correndo em pânico, sem procurar uma sombra cada vez maior. Continuou andando no sol forte, como se isso pudesse salvá-lo da noite que se aproximava. E aconteceu algo que nunca o havia incomodado durante toda a vida: começou a transpirar profusamente.

Wult entrava regularmente em um bar ou restaurante, depois ia direto ao banheiro para estudar seu rosto envelhecido rapidamente no espelho. Ele não tinha certeza. A queda de cabelo não tornou suas feições mais sombrias, as rugas mais profundas?

Além disso, para disfarçar, Benny pediu uma bebida em todos os estabelecimentos, esquecendo que ainda estava de estômago vazio. Será que era o álcool que estava afundando seus olhos nas órbitas e enrugando as pálpebras em uma contração de fadiga, ou era sinal de velhice? De qualquer forma, a luz do dia mudou rapidamente. Logo seria noite.

No bar de um hotel de luxo, onde a entrada de Wult fora observada com desconfiança, uma grã-fina senhora de meia-idade reclamava de "animais sujos no ar".

"... insetos assustadores. Como se fossem muito pesados e fracos para voar. Simplesmente voam na sua direção. Se você os derrubar, logo caem no chão. São fáceis de matar. Mas dá um asco de matar, porque são muito bobos. Ranhosos..."

O garçom, de paletó branco e gravata-borboleta vermelha, enquanto girava um pano enrolado nas mãos, tentou pegar o inseto nas mãos, estalando o nome dele nos lábios. "De qualquer maneira", ele acabou dizendo, "eles vão ficar no ar até São João. Vivem muito pouco".

"Desculpe-me por um momento, Maurice... Mas ainda não é São João."

A senhora colocou um pouco de água com gás de um sifão azul metálico em seu uísque.

"Bem, às vezes um pouco antes, às vezes um pouco mais tarde. Às vezes exatamente no São João... Ei, jogador de beisebol, perdeu o rumo? Sua bola não está aqui, está?"

A fala foi dirigida ao recém-chegado, que usava seu boné branco.

"Esse senhor está com sede, Maurice. Não está percebendo? Ele está todo quente. Dê algo ao senhor, por minha conta..."

"O que gostaria de beber por conta da sra. Rorqual?"

"Bem, se não for muito abusado... um uísque com refrigerante, por favor."

"Você ouviu, Maurice."

A senhora observou Benny descaradamente, da cabeça aos pés, dos pés à cintura, da cintura à cabeça, e da cabeça de Benny seu olhar caiu de volta para a cintura. Benny imaginou que no início da tarde ela devia ter sido uma bela jovem.

"Você sabe, meu jovem, que bichos horríveis são esses lá fora?"

Benny não tinha notado nenhum inseto.

"Eles não picam, coçam. Mas só de *olhá-los* dá uma enorme coceira. Quando estão a ponto de morrer, parecem escorregadios. Gelatinosos. Quase líquidos. Eles brilham ao sol como mechas de laca preta. Não podem fazer nada com as asas. Eles se arrastaram pela minha mesa no jardim, *é sério*, usam suas últimas forças, acredite. Às vezes vejo dois ou três se agarrando. Caindo, murchando... Com patas instáveis e coçando, meu Deus! Exatamente o que estou dizendo: só de olhar dá uma coceira pungente. No corpo inteiro. E um sentimento muito desagradável. Caem da borda da mesa sobre os ladrilhos..."

"Meu jovem", ela disse. Como ela poderia zombar dele dessa maneira? Ela não se esgotou com a mesma rapidez?

Benny não foi mais ao banheiro para se olhar no espelho.

Do lado de fora, as sombras dos prédios de um lado da rua estavam se erguendo até o outro lado — formas que não se sobrepunham. Uma imagem há muito esquecida de sua infância, quando estava a caminho da escola, mas com uma luz diferente, pois o sol agora pairava como um disco de latão no final de uma rua lateral. Havia mais para olhar para trás. O sol não tinha mais o poder de cegar ninguém. Apenas um ponto verde-cobre, dançando diante dos olhos, lembrava brevemente seu antigo poder.

    Benny seguiu pela avenida larga até o parque central. Nas profundezas de cada rua lateral à esquerda, o sol estava um pouco mais vermelho e um pouco mais apagado. As pessoas se moviam com menos lentidão e languidez pela rua comercial, que agora estava completamente sombreada, exceto pela encruzilhada — como se estivessem aliviadas pelo dia ter acabado e não haver mais nada a esperar. As pessoas morreriam antes que estivesse completamente escuro, ou tarde da noite, ou noite adentro, mas, exceto por um único recém-nascido, ninguém mais veria o sol.

    Benny Wult também ia morrer, mas e daí? Se Gini e ele não tivessem embarcado em sua aventura, eles teriam morrido no final do dia de qualquer maneira, os dois, sem chance de seu amor se repetir.

    Gini havia se sentado na cadeira, confiante no outro mundo. Ela não tinha chegado a lugar nenhum. Lugar algum. O grande nada a havia conquistado, e não havia arrependimento, nem reprovação, nem uma única reclamação. Devia ser um silêncio de morte.

    Ele próprio estava ciente do grande nada que o esperava pouco antes de subir na cadeira, e, de todas as pessoas, justo ele sobreviveu a isso.

Mas, aparentemente, um tempo antes da execução, ele se concentrou tanto no desejado mundo da repetição, naquele mundo em que os dias se sucederiam interminavelmente, que agora, com a cabeça gravemente danificada pela eletricidade, experimentava a sensação de ver consumido rapidamente o que restava de seu fadado dia. Devia ter a ver com a relatividade... Por exemplo, Benny Wult morria apenas um pouco mais lentamente do que teria acontecido com mais choques elétricos na cadeira. Ele não conseguia nem dizer "Melhor assim, vou me encontrar mais rápido com Gini", porque ela não o estava esperando em lugar nenhum.

Meio bêbado e tonto de fome, Benny cambaleou pelo parque. De vez em quando, corredores em roupas esportivas passavam por ele. Como o parque parecia muito diferente desde a poda matinal (que seria repetida algumas vezes esta tarde), achou difícil encontrar o banco novamente. Quando finalmente parou na frente dele, reconhecendo-o apesar da nova camada de tinta, Benny teve que esperar muito tempo para que um velho de sobretudo grosso se levantasse em sua bengala e se arrastasse na longa caminhada até a cidade, que talvez não voltasse a ver.

Quando se sentou, Benny também viu os insetos com seus corpos de formigas brilhantes. Não podiam voar por muito tempo. Eles rastejaram, às vezes em grupos, sobre o banco do parque, dolorosamente lentos. Se algum caísse de lado por pura moleza, suas pernas não rastejavam como uma mosca de costas: aquelas pernas enroladas, definhando, não esticavam novamente. Quem olhava os insetos sentia um cansaço sem fim penetrando nos músculos, articulações e ossos.

Três ou quatro de cada vez caíram pelo vão entre as tábuas paralelas da vereda pavimentada.

Um corredor apoiou as mãos numa árvore e empurrou, empurrou, curvou-se profundamente, ofegante. Benny viu o sol se pôr atrás dos arranha-céus do lado oeste do parque. Era noite. Já tinha vivido muito.

O remanescente amoroso

De onde aquelas moscas tiravam a força e a energia para assobiar tão alto, tão animadas? À beira da morte, mal conseguindo se arrastar alguns milímetros, e depois um barulho tão grande...!

Era um som que ele não ouvia tão agudo desde que era criança, no início da manhã. O estrondo infernal estava ligado à partida do avô, ainda na penumbra. Nunca mais o viu. Ele jazia em uma vala comum à beira-mar.

Como corpos de insetos tão finos, e tristemente enfraquecidos, podem produzir tamanho volume? A gritaria lhe deu dor de cabeça. Durante um longo período de sua vida não tinha ouvido moscas, ou quaisquer insetos, assoviarem. O calor do final da manhã sufocou a garganta (ou qualquer que fosse o órgão com o qual cantassem). Sim, uma vez tinha ouvido uma única mosquinha cantando numa gaiola do tamanho de um infusor, diante da janela aberta, porque seria verão por toda a vida...

E o mais irritante era que seus sons tinham afugentado Gini. Há quanto tempo estava esperando que ela voltasse? Ela não voltou. Os gritos desordenados, dezenas de insetos misturados, só pareciam ficar mais altos. Se ouvisse o suficiente, naturalmente começaria a discernir vozes diferentes, uma mais alta que a outra, nenhuma agradável. Era impossível imaginar um canto de cisne mais feio.

Benny abriu os olhos. Ele estava deitado no banco de madeira. Os pássaros gorjeavam nos arbustos ao seu redor, nas copas das árvores acima de sua cabeça. Ele não se lembrava do momento em que se deitou. Teria passado muito tempo, desde então? Através das árvores, viu que o sol pairava muito baixo e vermelho sobre os prédios na beira do parque. Assim, depois de se estender ali, o sol não mudou perceptivelmente. Aquela viagem de caça, aquela cavalgada da morte do dia para a noite, parecia ter chegado ao fim. Graças a Deus. O céu havia retornado ao seu estado normal, de quietude. A eletricidade não distorcia mais seu cérebro. Mesmo para ele, a noite ainda seria longa, e durante todo o tempo o ar estaria cheio dos chilreios exuberantes dos pássaros, que soavam aos seus ouvidos como a música de uma segunda juventude.

Ele havia se encontrado com Gini...!

Benny balançou as pernas no banco, sentou-se ereto, cotovelos nos joelhos, cabeça nas mãos. Enquanto tudo acontecia, no ritmo familiar, ele se isolou do mundo, de olhos fechados, para ver Gini. Ela ergueu-se até ele vinda de uma profundeza tenebrosa, onde pendiam véus escuros — não, eram redes, redes de malha fina — de água preta, com um corpo prateado. Ela subiu (e parecia dançar) pelas redes, que ficaram penduradas ali como roupa suja. Muito habilmente, Gini se esquivou delas e alcançou a superfície da água sem se enredar. Seus lábios pálidos, ao que parecia, beijavam o ar, que pesava muito sobre a água. A piscina parecia coberta por uma membrana dura, sob a qual os lábios se moviam, formando palavras, sem que um som emergisse. Benny se inclinou para puxá-la para cima, ou, em último caso, apenas para beijá-la... Certamente ele foi atrás de um peixe, porque depois que as ondulações concêntricas desapareceram, apenas as redes rasgadas eram visíveis, esvoaçando lentamente nas profundezas.

    Quando olhou de novo para cima, não podia mais ver o sol. Benny estava sentado exatamente no mesmo lugar em que tinha se sentado para assistir ao pôr do sol quando o velho se levantou. Ele notou que todas as sombras, incluindo a sua, apontavam para o oeste. Mas o que estava apontando? Cada coisa alongada tinha duas extremidades. Uma sombra, como um braço humano, estava unida a um corpo por um de seus extremos; o outro, o extremo livre, "apontava", como o dedo de uma mão. As sombras, com suas extremidades fixas, apontavam para a fonte de luz.

    O sol estava no leste.

    Benny olhou para o chão entre seus pés. Perceber que o sol viajara tão rápido do lado noturno da Terra para o outro lado o deixou tonto, quase enjoado. Ele se virou com cuidado. Ilusão de ótica, ou o disco realmente ficou menos vermelho, ou seja, mais brilhante na luz desde que seus olhos se abriram? Quase dava para olhá-lo diretamente. E ele parecia se deslocar, não para baixo, em direção ao horizonte ocidental, como fazia até recentemente, mas para cima, em direção ao topo dos edifícios — será que era uma ilusão, como uma moeda *elástica* manipulada entre o polegar e o indicador de ambas as mãos? Ainda estava sendo vítima dos choques elétricos que haviam queimado seu cérebro?

Em todo caso, essas impressões já não pertenciam à visão que tinha visto projetada no interior de suas pálpebras. Seus olhos estavam abertos, inundados de luz, luz da manhã, luz de um novo dia... Os pássaros estavam chilreando. Ele conseguia se imaginar de volta ao paraíso de sua primeira infância. Havia completado o círculo... mas o que estava acontecendo agora — precisava encontrar uma palavra para isso — era a manhã *seguinte*. A manhã de uma nova geração.

Ele, Benny Wult, estava vivo há mais de vinte e quatro horas. Que ele soubesse, ninguém tinha vivido tanto tempo. Isso era velhice? Não se sentia velho. Ainda estava estraçalhado por ter ficado naquele assento desconfortável, sem graça, mas velho, não. Estudou o dorso das mãos. A pele ainda estava igualmente firme e bronzeada, sem vestígios das manchas de pigmentação dos velhos, que tanto o fascinaram quando menino. ("Seus braços são velhas serpentes", tinha dito a si mesmo, certa vez. "Se abrirem uma mão, sairá uma língua bifurcada." Não foi à toa que sua mãe falou, de um homem idoso, com pelo menos vinte horas nas costas: "Ele carrega a morte na palma da mão.")

Wult tocou o rosto. Não sentiu a pele flácida e enrugada. A barba por fazer, que tinha levado meia vida para crescer e foi raspada pelo cabeleireiro da prisão, começou a aparecer novamente, assim como seu cabelo, aliás. E esses eram fatos que indicavam que tinha passado pelo menos meia vida a mais. Que a dolorosa ardência de suas queimaduras tivesse diminuído depois de todo esse tempo também dava algo a pensar.

Um novo dia... Haviam-lhe permitido que crescesse na pacífica e reconfortante certeza de que conheceria apenas o dia em que nasceu, mais nenhum outro. Teria que morrer à luz de um novo dia — esse pensamento o deixou, após a primeira surpresa, tão deprimido que literalmente saiu correndo do parque, a fim de ficar entre os companheiros de destino. Ele teve menos problemas para encontrar o caminho de volta para a cidade do que aquele velho de agora... não, da noite anterior.

Na noite anterior...! Agora ele percebeu que tinha ficado imerso no mundo do sono e dos sonhos por quase tanto tempo quanto realmente tinha vivido. Como a cidade deve ter mudado...

Mas as mudanças correram bem. À primeira vista, era até alarmante que pouco parecesse diferente. De qualquer forma, nada drástico, exceto que as sombras dos prédios já não subiam pela primeira fila leste da avenida principal, mas começaram a descer lentamente ao longo do lado oeste. Será que a cidade tinha uma administração nova e progressista, que estava comprometida com a preservação da antiga paisagem urbana? (A administração que Wult tinha conhecido na juventude era conservadora, mas extremamente progressista quando se tratava de demolição.) Só aqui e ali, no fundo de uma rua lateral, via-se a cruz assimétrica de um guindaste, marcando um canteiro de obras. Nenhum estava funcionando. De qualquer forma, a vida na cidade estava parada. Não havia nenhum sinal de histeria sobre o raro milagre do nascer do sol, que só podia ocorrer uma vez na vida. Por causa desse milagre, seu avô havia abandonado um neto recém-nascido, seu orgulho (como a mãe de Benny assegurou), com poucas chances de ver a criança crescer. Agora, após o próximo nascer do sol, as poucas pessoas que povoavam as ruas pareciam entediadas ou mal-humoradas — a maioria estava com os olhos inchados, mas talvez isso se devesse ao prolongado olhar para o horizonte leste da manhã.

  Wult percorreu a cidade de leste a oeste, de oeste a leste, e assim desceu lentamente para o sul, procurando mudanças nas ruas, nas praças, na orla... Mas encontrou modificações profundas apenas nos locais em que não havia estado desde sua infância. Era impossível encontrar a casa em que nasceu: toda a rua havia desaparecido, inclusive escadas de ferro fundido e árvores e tudo. Sua mãe nunca lhe havia dito que houve uma mudança de endereço.

Ele deve ter se enganado sobre a localização da escola. Em vez do prédio antigo, que conhecia tão bem por dentro e por fora, encontrou uma estrutura ainda mais antiga, que também servia de escola, mas nunca poderia ser a sua. Crianças pequenas, ainda carregando as mesmas mochilas nas costas (e nelas, sem dúvida, a maçã que devia apertar tão irritantemente entre as omoplatas), eram conduzidas por suas mães até o portão, mas havia cenas menos angustiantes do que aquelas de que ele se lembrava. *Ele*, Benny Wult, ficou com lágrimas nos olhos com a despedida, uma despedida que dizia adeus para sempre à maravilhosa intimidade entre mãe e filho; as próprias mães viraram-se para seus filhos apenas uma ou duas vezes, sorrindo distraidamente, raramente acenando.

Ele não foi procurar a casa de estudantes onde Gini morava. Ficava perto do parque, e era exatamente do parque que ele tentava se afastar. Se fosse confrontado com a fachada atrás da qual passou a parte mais feliz de sua vida, teria morrido de vergonha.

Ele passou, mas não de propósito, por acidente, pelo bar onde não só conheceu Gini, mas de certa forma se despediu. Agora estava no lado sombrio da rua, e o bar não se chamava mais O Lado do Sol, mas O Elefante, provavelmente depois de uma grande reforma, que, a julgar pela madeira irregular, foi descontinuada. O bar estava fechado.

Sem motivo aparente, ele se deu conta de tudo. Seu cérebro, que estava girando inquieto como um gato, finalmente encontrou seu lugar, e as coisas pareceram se encaixar.

Quando Benny Wult chegou ao extremo sul da ilha, depois de andar de rua em rua, cada vez menos surpreso por não ter morrido há muito tempo, não lhe pareceu estranho chegar lá com o sol. Depois daquela caminhada pela cidade, a manhã havia terminado, o sol estava no seu ponto mais alto, e a partir de agora oscilaria para oeste, na velocidade a que Benny ainda não tinha se acostumado, e começaria a descer, sem causar pânico na população (ao contrário, neste calor, ansiavam pela noite). Depois de uma noite curta demais para deixar alguém melancólico, o sol reapareceria no leste para começar sua rápida órbita pelo céu.

A percepção sobreveio-lhe com tanta tranquilidade que se surpreendeu mais com a calma do que com o que a nova perspectiva que lhe oferecia. Agora via claramente como os sacerdotes de sua juventude tinham falado a verdade. Ele, Benny Wult, nunca tinha duvidado de suas palavras.

Através de alguma escotilha metafísica, ele havia entrado em outro mundo. Um mundo semelhante em aparência ao anterior, mas onde tudo acontecia rapidamente, em repetição quase infinita (mas bem lenta).

E com a mesma calma quis se entregar à tristeza de um mundo em que, segundo os sacerdotes, as pessoas eram cortadas de toda a beleza, quando outra percepção lhe destruiu a compostura: *se estava no mundo da repetição, devia ter chegado ali através da cadeira elétrica... e Gini também estava ali.*

Esse mundo era mais dominado por sombras do que aquele de onde ele provinha.

Na cidade sobre a qual o sol apressava-se diariamente, as sombras encolhiam pela manhã. Elas se contorciam enquanto os edifícios que representavam permaneciam os mesmos, orgulhosamente eretos ao sol. No final da manhã de verão, as sombras se enrolaram feito as pontas pretas de papel queimado, e o calor sacudiu o ar ao redor.

Por um breve momento, por volta do meio-dia, as sombras se esconderam — do calor extremo, ao que parecia —, desenhadas como um tapete, apenas para serem desenroladas ou estendidas novamente durante a tarde, com outras sombras se espalhando feito um punhado de cartas de baralho, dando cada vez mais força aos prédios voltados para o sol.

As sombras eram mais opressivas do que de onde ele vinha. De manhã não tanto, porque todas as manhãs o lembravam do mundo que clareava e aquecia lentamente, que ele conhecia tão bem. Mas as tardes, com seus arados de sombras que avançavam agressivamente, continuavam a aterrorizá-lo, assim como as noites e madrugadas, construídas inteiramente de sombra.

"É você ou não?"

Por um momento, Benny pensou que o homem encostado em um pilar no corredor estivesse falando com ele. Mas quem ia conhecê-lo aqui? Ele parou por um instante no chão liso, quase involuntariamente. O homem olhou além dele, e Benny continuou em direção à saída.

"Ei, você aí, com esse tênis barulhento... nós não nos conhecemos?"

De fato, Wult usava tênis que rangiam no chão espelhado, calçados que, como diz o ditado, "ainda não haviam sido pagos", já que ele os havia roubado. Benny caminhou por um tempo, depois se virou. O desconhecido virou o rosto para ele, mas de alguma forma não o olhou diretamente.

"Oi?"

O homem, que parecia muito grisalho, se afastou do pilar e deu um pequeno passo na direção de Wult. Ele tateou um pouco ao lado, como se procurasse apoio. Perto do pilar havia um grande cinzeiro cheio de areia no qual guarda-chuvas podiam ser deixados. Os dedos afundaram na areia fina, cinza-esbranquiçada, até que dois metacarpos profundos desaparecessem, sem que o homem se assustasse. Ao contrário, ele começou a remexer e retirar pontas e fósforos, um chiclete com aparência de açúcar, um isqueiro descartável, as duas metades de um charuto quebrado, uma fivela.

"O senhor está aqui?", Benny disse quase chateado, sem que tivesse se esforçado para isso, como se quisesse manter as aparências.

"Como dá para perceber."

"Eu não o teria reconhecido sem os óculos."

"Não sabia que usava óculos. Não eram lentes? Ah, não, eram da..."

"Quis dizer seus óculos."

"Ficaram na casa do cais. Não era um armazém? Minha bengala também ficou por lá."

"Sinto muito."

"Deixa para lá."

"Como o senhor *me* reconheceu?"

"Quem não reconhece o andar de seu assassino? Ah, sabe, ninguém anda da mesma maneira. Eu teria reconhecido seu andar entre milhares. Mesmo aqui, neste pântano de imitação e assimilação."

"Te encontrar aqui... Como vítima inocente, o senhor não merecia estar em algum lugar do outro lado do mundo?"

"Eu também estava esperando isso. Mas, como está percebendo, decidiram outra coisa."

"Pelos jornais que meu advogado trouxe para minha cela, lembro que fizeram muito barulho a respeito do seu funeral de Estado. Os criminosos geralmente não recebem..."

"Ah, mas para que servem a Deus os enterros com honras militares, ou o que quer que seja... eu não estava lá... Sim, de que servem a Deus? Olhe só, meu caro. Minha própria filha só me conheceu cego, e isso não deve ter sido muito agradável para ela. No entanto, ela sempre foi paciente comigo. Nunca poderei explicar como minha querida filha se apaixonou por outro cego.

Um ato de humildade para comigo? Ela não queria ofender seu pai tendo um amante com mais qualidades do que ele? Uma incógnita. Certeza que eu o considerava indigno de ser meu genro. Sempre que vinha me visitar, eu pedia à minha filha para encontrá-lo no capacho da frente, sobretudo para verificar se 'não tinha nada grudado em seus sapatos'. Eu gritava bem alto para que ele pudesse me ouvir do lado de fora. 'Você sabe como eles são. Os cegos só cheiram um esterco de cavalo depois de passarem por ele. Eu sei do que estou falando.' No corredor, ela levantava os pés dele como um ferrador levanta as pernas de um cavalo: costas contra a bunda, depois virando a perna para cima. Ela sempre voltava para o quarto chorando, achava isso muito humilhante. Veja, essas coisas não agradam a Deus, e é por isso que você me encontrou neste lugar."

Seus olhos mortos não refletiam nenhuma zombaria, mas depois de algum silêncio ele soltou uma risada zombeteira, curta e afiada.

"Eu vou te dizer a verdade. E se estou falando a verdade, é porque não quero me privar desse prazer. Primeiro me diga como chegou aqui tão rápido depois de mim? Imagino..."

Wult levantou a perna da calça e mostrou a ferida cicatrizada na panturrilha.

"Estou sentindo o cheiro", disse o cego. "A cadeira elétrica. Foi o que imaginei. Eles o condenaram à morte pelo assassinato político de um ex-diplomata. Certo?"

"Certo."

"E aquela senhorita agradável e cheirosa, imagino que eles..."

"Ela também foi executada."

"Fiquei surpreso. Enfim, podemos falar sobre isso. Temos muito tempo aqui."

A hora do almoço aparentemente havia começado para os funcionários do Registro da População. Eles mais ou menos expulsaram o público, que tinha acabado de ser atendido ou encontrado os balcões fechados, e isso causou uma grande comoção no local. O cego quase teve que gritar para se fazer entender.

"... o cargo diplomático me serviu de disfarce para algo completamente diferente..."

Um homem se aproximou do cinzeiro com uma ponta de cigarro acesa entre os dedos. O cego já havia sentido o cheiro, tirou os dedos da areia e depois bateu as mãos. O homem deu algumas tragadas rápidas antes de apagar a ponta do cigarro.

"... nunca veio à tona. Eu quase lhe perguntaria como se sente por ter sido condenado pelo assassinato de alguém que, sem o conhecimento de seus juízes, era realmente perigoso ao Estado. O inimigo. O inimigo mesmo é o senhor, que prestou um grande serviço a eles ao me esfaquear como a um cachorro. Eles nunca saberão. Bela ironia do destino, não é? Eu sabia que seria assim. Percebi isso no meu último momento. Tornou a morte mais doce. Mais suportável, pelo menos. Pois eu também sabia que, apesar da ignorância de meus compatriotas, não poderia escapar do castigo do Supremo Juiz. Quem quer que a cometesse, a traição conta para Deus como um pecado mortal. E é por isso que estou morrendo de tédio. Bem, morrendo, metaforicamente falando. Essa sua pomada tem um cheiro forte, aliás."

"Como o senhor se sentiu quando chegou aqui?"

"Mal. Claro que um rasgo como aquele, para quem chega aqui, não é mais grave do que uma ferida similar à de quem acabou de morrer devido a ela, mas mesmo assim é grave o suficiente. É uma longa recuperação. Além disso, na manhã seguinte à minha chegada, tive uma ressaca terrível."

"Ressaca?"

"Sim, um fenômeno que vim a conhecer bem aqui. Também é chamado de 'manhã depois da festa'. Não é apenas a náusea da bebida, que alguns de nós ocasionalmente conhecemos, mas também dores de cabeça, corpo dolorido, calafrios, mal-estar geral. Sem falar nos pequenos objetos inocentes à beira do nosso campo de visão que de repente podem se transformar em vermes fugitivos... Sim, sim, tendo a possibilidade de repetir a embriaguez indefinidamente, cria-se seu Inferno particular. Porque a possibilidade de repetir logo se torna uma compulsão para repetir, e, uma vez que a possibilidade desaparece, a compulsão continua. Então tenha calma. Especialmente à noite. Aqui é um Inferno sem grandes pretensões. Mas dá para fazer isso de acordo com sua própria visão e necessidades. Alguns optam pelo delírio, um vizinho opta por mais um Inferno gelado de sintomas de abstinência. Bater a cabeça na parede a vida inteira também é uma forma de compulsão à repetição. Mas o que acha do amor, de todas as formas diferentes, infinitamente repetíveis e variáveis de prazer pecaminoso? Um poeta comparou isso a beber água do mar: uma sede que se cria ao se saciar cada vez mais, até ficar nauseado. Para mim, essa imagem é bem sugestiva, por causa do cheiro de peixe podre que o mar tem quando, de longe, se inala o primeiro ar salgado revigorante. Você ia me contar o que aconteceu com aquela doce mulherzinha que salvei de ser gravemente ferida pelo ventilador..."

"Foi para a cadeira elétrica. Já disse."

"Claro. Se não foi de uma forma, foi de outra. Mas na verdade queria dizer se já a encontrou por aqui. No mundo do dia e da noite, por assim dizer."

"Desde a minha chegada, tenho procurado por ela todos os dias, o dia inteiro. Ela está sumida."

"Procurou onde?"

"Em todos os lugares possíveis. Lugares do passado... Em todos os lugares. Não encontrei ela em nenhum lugar."

"Lugares do passado. Ah, tá. Aqui é um pouco diferente. Mas... você tinha tanta necessidade de vê-la? Parece que me lembro que vocês... vocês dois, quero dizer... que tudo, toda essa coisa do amor, já tinha acabado. Me desculpe, mas no seu retorno ao bar senti o *cheiro* de que ela não era mais virgem. Também cheirei isso em você. Naquele momento talvez ainda não, mas o incentivo mútuo deve ter desaparecido pouco depois. Não? Imagino que o assassinato deve ter sido cometido com a energia sexual que restava. (Aliás, que achado, hein, concluir o ato de amor antes de proceder à execução dos planos de assassinato. Dessa forma, se você fosse preso logo em seguida — o que realmente aconteceu —, os outros não poderiam mais te cortar o amor. Também foi arriscado para seus encarregados, porque o pós-coito geralmente vem acompanhado de pouca força. Você devia estar muito ansioso para me tirar do caminho. Deve ter querido muito se livrar de mim.) Mas depois disso... Aposto que quando a viu outra vez no tribunal, ela perdeu toda a atração por você. E vice-versa, é claro. Então por que todo o esforço para vê-la de novo?"

"Talvez agora seja a hora de ajudá-lo a sair de um sonho. Nós não o matamos por nenhuma razão política. Eu nem sabia... sim, mais tarde me lembrei de ouvir alguém no bar dizer que o senhor era um 'peixe grande', mas esse não era o ponto. Depois que esgotamos nossas faculdades sexuais, descobrimos que a paixão que surgiu no café, bem debaixo do seu nariz, ainda não havia passado."

"Isso acontece mesmo. Não na minha família. Lembro de um caso..."

"Exatamente. Tudo o que podíamos pensar com nossa paixão predestinada era na repetição do que tinha sido nosso maior prazer, nossa maior felicidade. Em nosso ódio ao mundo e à natureza, chegamos ao ponto de planejar um ato que nos levaria direto ao Inferno..."

"Mas por que me escolheram se politicamente eu não era nada para vocês?"

"Imaginamos que matar uma pessoa indefesa como o senhor quase certamente levaria à cadeira. Depois pensei que nossa escolha talvez não foi tão livre de rancor. No fim, foi o senhor que, com seus avisos e observações, mais ou menos, nos uniu. Uma circunstância que estávamos sofrendo..."

O cego voltou a soltar sua risada curta e aguda.

"Então o que você fez com meu pobre corpo, meio paralisado pelo álcool, naquele armazém, foi apenas uma dança amorosa! Uma dança de acasalamento...! Apenas o ferrão foi plantado em uma terceira pessoa. Gênio. Houve um caso parecido na minha juventude. O caso Glass-Ising. Caso conhecido. Nunca ouviu falar? Logo após o ato, ambos ainda loucos de amor, mataram o zelador. Pobre sujeito. Eles o penduraram no batente da porta com arame e cortaram a pele em tantas tiras verticais que parecia uma cortina para afastar moscas. Com a diferença de que as moscas acharam que era uma cortina gostosa. Ainda posso me considerar sortudo. Quando descobriram o motivo, a pena de morte foi comutada antecipadamente para prisão perpétua. Ambos morreram na prisão, de velhice. Talvez eles tenham se encontrado aqui, nestas partes. Será que ficaram lembrando dos velhos tempos? Não lembraram desse precedente no seu caso, perante o tribunal?"

"Nosso verdadeiro motivo nunca veio à tona. Desde o início, os advogados envolvidos se resguardaram com motivos políticos. Mantivemos nossas bocas fechadas."

"Bravo. Então vocês têm a intenção de saborear a vitória. E agora? A garota não está em nenhum lugar. Na época, vocês não fizeram um acordo claro?"

"Não. Sempre nos disseram que este mundo não seria diferente do antigo. Aparentemente. Que a diferença estava na passagem do tempo. A sequência incessante do dia e da noite... Presumimos que nos encontraríamos em algum lugar em um ponto conhecido."

"Posso perguntar, senhor... agora o tratarei por senhor... é... Naquela época, o senhor deveria ter se apresentado na casa do cais."

"Wult."

"Senhor Wult, entendo que o senhor já está aqui há algum tempo. Se posso perguntar... o senhor vive do quê?"

"Quando cheguei, estava vestindo um terno que aparentemente custou muito dinheiro, porque o dono da loja de penhores me deu uma boa quantia por ele. Estou falido desde ontem. Não comi hoje. Não sei como proceder. Por enquanto, não podem fazer nada por mim aqui."

"Exatamente, é isso que quero dizer. O senhor acha que ela... qual era o nome dela mesmo?"

"Gini."

"Apesar da perna cortada, o senhor conseguiu uma boa quantia do penhorista para o seu terno. Mas acha que a senhora Gini ganhou ao menos uma fração dessa quantia para seu vestido de execução? Sem contar se ela, assim como o senhor, se atreveria a roubar roupas de outras pessoas secando no varal..."

Como ele poderia ter falado com tanta naturalidade que a vítima de seu ato compartilharia o brilho feliz do céu? A presença e as palavras desse incorrigível intrometido tornavam intolerável a ideia de Gini — de uma Gini faminta, sem dinheiro, sem abrigo, vagando pela cidade, procurando por ele, ou talvez nem procurando mais por ele.

"Aonde o senhor quer chegar?"

"Falo por falar. Vivemos no mundo da repetição, não é? Tudo é repetível. Tudo..." O cego segurou o braço de Wult. "Vou mostrar o que quero dizer. Vamos dar uma volta. Ficar muito tempo de pé faz minha cicatriz coçar... Vamos, vamos."

A conversa com o cego o havia absorvido tanto que Benny olhou em volta, surpreso. O salão estava vazio. Durante todo o tempo eles continuaram a falar alto um com o outro.

"Quando se trata de um recém-chegado, a primeira coisa que sempre se deve perguntar é: o que a pessoa faz aqui? É muito simples. E então continue procurando-a."

Wult olhou para as pessoas cinzentas e silenciosas sentadas à sua frente no metrô. Eram recém-chegados? Nem com a maior vontade do mundo ele poderia se interessar em saber como elas ganhavam seu sustento. O trem subterrâneo deslizou pelo cano de esgoto por um longo tempo, indo em direção ao norte, então de repente disparou para a luz brilhante da tarde. Mas, devido à severidade do bairro e à estrutura em zigue-zague das escadas descendo, o passageiro tinha uma sensação subterrânea. (Porque era um fenômeno estranho: as escadas davam a entender que só desciam, nunca subiam, também porque muitas vezes terminavam alguns metros acima do solo, claro. Sua estrutura não apenas fazia as casas parecerem tortas, mas também inclinadas, puxadas para dentro da terra...) Algumas casas pareciam ter sido pintadas de rosa ou azul-claro apenas para acentuar a monotonia do resto do quarteirão. As cores, por sua vez, estavam manchadas pelos prédios sem pintura, como se tivessem se misturado com a fuligem.

"Sei o que está pensando", disse o cego ao sair. "Primeiro viajamos entre as tumbas, agora caminhamos ao redor dos túmulos. É mais ou menos assim. Por aqui, por favor."

Chegaram a uma rua de casas altas e relativamente estreitas, que juntas tinham tantas sacadas e escadas de ferro nas fachadas — degraus, corrimãos e barras, todos eles também lançando suas sombras uns sobre os outros — que pareciam cobertas de grossas teias de aranha movendo-se suavemente devido às vibrações de calor no ar. As mulheres estavam em varandas sombreadas, mas de tal forma que seus troncos permaneciam na sombra e suas pernas, longas e carnudas sob saias tão estreitas quanto curtas, captavam a luz do sol.

"Sabe, senhor Wult, o que essas senhoras... mesmo na hora mais quente do dia, muito mal escolhida... estão esperando?"

"Não tenho ideia."

"Imaginei. O senhor está aqui há muito pouco tempo, e até agora desperdiçou seus dias procurando... bem, o que exatamente? O que considera precioso, mas não é. Não mais."

"Por favor, peço amigavelmente que..."

"Uma vítima pode insultar seu assassino? Foi o que pensei. Dê uma olhada ao redor da rua. No nosso antigo mundo, nunca vimos nada parecido. Essas mulheres fizeram da possibilidade de repetir o ato de amor, que você procura tão desesperadamente, sua profissão. E não apenas da possibilidade de repetir o ato de amor, não, também da necessidade compulsiva de repetição... repetir cada vez mais com mais pessoas. Aqui, senhor Wult, nesses corpos que podem ser alugados por quinze minutos, as pessoas despejam seus remanescentes amorosos. Dá para sentir o *cheiro* da repetição, por assim dizer."

Na varanda mais perto deles, uma mulher mudou o peso de um pé para o outro. Então ela se recostou na porta, cruzando as pernas.

"O senhor veio aqui", o cego falou, e foi como se tivesse seguido o olhar de Benny, "para voltar a fazer amor... já demonstrou ser capaz de tal repetição?".

"E o senhor?"

"Eu não vim aqui voluntariamente para prolongar minha vida sexual..."

A cada dúvida, o cego o convencia novamente, e com mais força, de que Gini estava alugando seu corpo para sobreviver neste mundo.

"Acostume-se com essa ideia. O corpo não se esgota, como no mundo antigo. Pelo contrário. A longo prazo, poderá atender um número crescente de clientes com maior facilidade, tornando-se cada vez mais indiferente. Além disso, ela ainda terá bastante amor, ternura e desejo por seu verdadeiro amado e amante... se você a encontrar um dia. O senhor sabe do rápido despertar do desejo após a ejaculação, não é?"

"Mas foi diferente. Não fiz por dinheiro."

"Experimente, eu diria. Isso o aproximará de Gini."

"Eu... um homem?"

"Na rua que o senhor tanto gostou, várias vezes te chamaram de excepcionalmente bonito. Normalmente, essas garotas não são tão elogiosas. Pelos comentários delas, consegui formar uma imagem muito boa de sua aparência física. Parece que o senhor escapou do mundo antigo bem a tempo — antes de começar o encolhimento. Venha comigo esta noite, e mostrarei algo que o fará pensar. Mas é a última vez que vou mantê-lo livre, lembre-se. Preciso do meu dinheirinho para a bebida."

"Me basta apenas o cheiro, embora, claro, também tenha dado crédito ao meu tato. Pó de talco, sangue, vaselina perfumada com um cheiro de odor corporal, uísque, saliva evaporando da ponta dos dedos ao desenroscar uma lâmpada superaquecida... uma fragrância infinitamente maior que a soma de todas as suas partes constituintes. Meu maior vício depois de beber. Só que sinto falta da luz em ambos os olhos, mas isso não me impede de ser o maior *voyeur* por aqui. A propósito", o cego acrescentou, "eu ficaria feliz em ouvir da sua boca um relatório de tudo o que é mostrado. Pago as bebidas".

No centro da saleta havia um pódio redondo, iluminado por refletores suaves e cercado por poltronas e sofás de dois lugares nos quais se sentavam principalmente senhores mais velhos. Benny era claramente o espectador mais jovem.

Depois do som de um gongo de lata, uns vinte rapazes nus subiram ao palco dos dois cantos do local, uns de mãos dadas, outros brincando, uns dando nos outros socos suaves em tom de brincadeira, outros introvertidos, com caras sérias ou ressentidas. Eram, sem exceção, esbeltos e musculosos, mantinham uma suavidade enigmática, mas, o mais impressionante, era que não diferiam mais do que dois centímetros de altura.

Os rapazes se aglomeraram, aparentemente desordenados, mas com as costas cuidadosamente viradas para os espectadores. Do centro ouviam-se sussurros, risadas suaves.

"Vai começar", disse o guia de Benny. "O buquê de flores se abre lentamente. Acho que já estou sentindo o cheiro."

Eles se dispuseram um em frente ao outro em duas fileiras retas de doze, todos com uma ereção. Prontos para a batalha. O palco começou a girar lentamente. A visão de todos aqueles pênis eretos, tão próximos um do outro, teve um efeito inesperado em Benny Wult. Talvez tenha sido por causa do furioso eriçamento conjunto... do trêmulo erguer-se além dos limites do corpo... Ele sentiu — anonimamente — a necessidade de também chegar à altura de toda aquela carne tensionada. Isso o perturbou. Desde que chegou aqui, nesta terra de fenômenos que se repetem sem parar, Wult descobriu poços inesperados de desejos dentro de si; eles tinham que ser destrancados em algum lugar na fronteira desses dois mundos, e demorou um pouco até que a fumaça, os cheiros, as visões começassem a se elevar.

Outro rapaz, também nu, entrou na sala por uma porta atrás da plateia. Ele usava uma máscara de seda verde que cobria apenas a metade superior do rosto. Alguns senhores, que aparentemente sabiam o que estava por vir, aplaudiram suavemente.

"O açoitador", indicou o guia de Benny. "A ideia é que evite a todos. As duas dúzias. Há uma penalidade para cada vara tocada... Preste muita atenção. Depois quero saber o que achou."

O palco estava virado para que, de seu assento, Benny pudesse ver bem entre as duas fileiras. Os rapazes ficaram imóveis, uma imobilidade que — por mais leve que fosse — contradizia com o balançar, chicotear e vibrar de seus falos. Como se toda a impaciência deles tivesse se reunido naquele lugar. Benny entendeu porque o comprimento daqueles corpos havia sido selecionado com tanta precisão. Todas aquelas ereções próximas umas das outras, na mesma altura, exerciam um encanto estético sobre o espectador (assemelhava-se, de certo modo, a um cartaz no bairro dos teatros com vinte dançarinas, lado a lado, jogando em uníssono as pernas para cima), mas quem, como Benny fazia, deslizava o olhar ao longo daquelas fileiras meticulosamente direcionadas, via que cada membro inchado traía, por assim dizer, seu próprio caráter, por sua maneira de pular, pelo palpitar visível do sangue, por curiosos espasmos... Ele teve a impressão de que qualquer pênis ereto poderia ejacular simplesmente por sucumbir à sua maneira idiossincrática de se mover.

O rapaz mascarado subiu no palco e se aventurou no corredor extremamente estreito formado por duas dúzias de corpos. Os falos curvos estavam separados por cerca de vinte centímetros, dependendo do vertiginoso vaivém vertical.

Assim fizeram o açoite.

O rapaz da máscara, se necessário, ficava ainda mais estreito nos quadris do que seus agressores passivos. Através de uma dança quase fluida, movendo-se de lado a maior parte do tempo, ele conseguiu se esquivar de todos, dos vinte e quatro. O caminho de volta ao ponto de partida também foi gracioso e sem toques. Um árbitro de roupão, esgueirando-se pelo palco contra o movimento giratório, ficou de olho em todas as manobras.

Depois de cada passagem bem-sucedida, o rapaz recebia aplausos, mas Benny, que não aplaudia, tinha a forte impressão de que era uma questão de cortesia, e não de aplausos genuínos. Todo mundo queria que uma ereção ocasional se prendesse atrás do osso do quadril do mascarado — não para testemunhar seu "castigo", qualquer que fosse ele, mas para ver os genitais presos voltarem com toda a tensão.

"Acho que ele tem que fazer isso dezessete vezes", o cego falou.

Embora o rapaz não fizesse parte da empolgação dos demais, sempre conseguia terminar sua dança com os glúteos tensos. Ele teve problemas quando a fila dupla se tornou *mais* do que um obstáculo a ser superado, talvez por causa do suor picante sob os pontos quentes que escorria dos corpos, logo atingindo Benny e seu guia. Benny viu o sexo do dançarino começar a ceder, ganhar peso, como um animal indo em direção ao solo. O próprio rapaz pareceu notar alguma coisa só quando, depois de mais uma curva no final do corredor, seu membro se enrijeceu no familiar movimento pendular e não quis voltar a descer. O árbitro, vendo-o hesitar, insistiu para que continuasse. Mesmo agora, ele tentava se mover de lado entre as varas estendidas. Dando pequenos empurrões, seu sexo parecia querer correr para pular o primeiro obstáculo.

Benny se pegou desejando que o sexo do rapaz logo ficasse completamente ereto depois da primeira ereção. Isso aconteceu depois de alguns toques, apenas na metade do caminho, quando os desejos de Benny não tinham mais limites. Ele queria que o açoitador golpeasse todos aqueles pênis estendidos com o seu, em uma ordem secreta, como se fossem as teclas de um órgão, que começaria a soar nele, Benny, e somente nele. Não, suas fantasias o arrastavam ainda mais. O açoitador tinha que *correr*, correr pelas fileiras, até que um zumbido crescente soasse, como um pente de dentes finos com uma unha do polegar correndo... Finalmente, ele os perfuraria com um movimento alongado.

Todos os dias tornavam-se noite outra vez, e todas as noites aconteciam quatro apresentações. Por intermédio do cego, um visitante frequente, Benny Wult, foi adicionado à equipe de corrida de varas, primeiro como parte da "sebe", depois também ocasionalmente como dançarino mascarado. No começo, o gerente teve dúvidas, porque Benny era um centímetro mais alto do que o mais alto do grupo, mas logo mudou de ideia quando ficou claro quanto o público gostava do recém-chegado.

    Foi assim que ele começou a ganhar dinheiro, mas o que o levou àquela situação foi a alta expectativa de encontrar prazeres sem precedentes. Algo desconhecido o dominou, mas não destruiu seu desejo por mulheres. Pelo contrário. O desejo gerava desejo. Parecia existir um porão dentro dele, um porão embaixo do porão. Benny abrigava um submundo de visões de desejo tão versátil quanto exigente, e ele se via como um estranho, embora compartilhasse o prazer desse estranho. Mas, novamente, não tudo.

    Gostava de sentir fugazmente o roçar de alguém ao tocar com a vara, mas qualquer contato deveria ser "punido" com submissão à pessoa tocada aos olhos do público, exceto o cego, para quem o nariz e a orelha eram o suficiente. Benny não gostava de ser penetrado. Temia a perfuração. Portanto, tocava só em quem já tinha sido tocado várias vezes, até que após um passo e um balanço final do quadril na direção certa, o açoitador sentiria uma gota lenta e quente deslizando pelas costas, indicando que o perigo, por enquanto, havia passado. Além disso, o jogo o transformou em um contorcionista.

    Era um sacrifício quando ele se prostituía regularmente. Um sacrifício para apagar a vergonha da prostituição forçada de Gini. Somente daquela forma, compensando reciprocamente suas vergonhosas práticas, eles poderiam voltar a se entregar um ao outro.

O evento que encerrou o capítulo de suas repetições teve a ver com sua antiga profissão.

Um dia, Scant veio perguntar-lhe se ele ainda sabia o suficiente sobre paraquedismo para, em troca de um honorário generoso e incluindo uma soma extremamente alta devido a "periculosidade", participar de uma orgia aérea. O rico organizador, que possuía o próprio avião, era um *voyeur* mimado e perfeccionista em assuntos eróticos. Ele tinha chamado seu novo projeto de *A orgia em queda livre*. A intenção era fazer com que, após o salto do avião, vários jovens formassem uma constelação erótica, que seria continuada após a abertura dos paraquedas.

Demorou uns dias até que o organizador recrutasse, entre seu círculo de conhecidos e em vários bordéis, rapazes em quantidade suficiente com experiência em saltos. Os vinte finalmente decolaram em uma manhã clara de domingo: catorze paraquedistas, o organizador e cinco de seus amigos, incluindo o piloto e um instrutor. Toda a empreitada seria filmada.

As carícias começaram ainda durante o voo, o que foi menos irritante do que o habitual, porque a maioria dos rapazes não se conhecia. Como não era possível pular completamente nu, foram desenhadas calças especiais: pernas que eram presas a um cinto com uma espécie de suspensório, deixando as nádegas e o sexo descobertos.

Não saltaram até que houvesse catorze ereções. Durante a queda livre, seria feita uma tentativa de formar dois círculos fechados de sete pessoas cada, um em cima do outro. Os setes do círculo superior deveriam penetrar no círculo inferior, usando no máximo uma mão para se ajudar. Além disso, as mãos serviriam tanto quanto possível para manter fechado o círculo humano.

No passado, Benny Wult tinha visto até as bochechas mais apertadas de outros saltadores tremerem e vibrarem sob a violência do ar. Ele nunca poderia imaginar que veria a mesma coisa acontecer novamente, mas muito mais extrema, com os escrotos dos paraquedistas. Suas bolas chacoalhavam contra a parte inferior do abdômen com a mesma violência que fivelas e peças de roupas faziam em outras partes do corpo. Ver tamanha violência — invisível — penetrando na carne daqueles meninos não o desagradou. *Sentir* isso acontecendo na própria pele era menos agradável.

Caíram juntos, sim, mas livremente pela atmosfera. Alguns estenderam os braços um para o outro. Benny viu como os falos endurecidos pressionavam a carne das barrigas geralmente musculosas devido à pressão do ar, de modo que pareciam fundidos até o umbigo, o que dava uma aparência animal. Cães tosados.

Benny — as coisas acabaram assim — ficou no círculo inferior. Com os braços estendidos, segurou as mãos dos rapazes à sua esquerda e à direita. Eles sabiam como retardar sua queda tanto quanto os rapazes de cima sabiam como acelerá-la. As duas guirlandas vivas de corpos, batendo-se e chocando-se, aproximaram-se uma da outra muito rápido quando caíram juntas e muito lentamente quando se aproximaram. Nessas condições, era necessária uma ereção; um sexo relaxado ameaçava terminar em um doloroso chacoalhar.

Sentiu um corpo descer sobre ele quase sem peso. Um braço se enganchou sob seu estômago, apertando-o ainda mais forte, sem que ficasse mais pesado. Precauções já haviam sido tomadas no avião para facilitar a penetração de um corpo em outro. Benny sentiu um punho calçado arranhar suas coxas, e desse punho cresceu um broto brilhante, que o penetrou de imediato.

Aves de rapina acasalando durante a queda em busca da presa. Esse ato passivo, essa submissão, era uma provação na cama; agora que ele caía ao solo feito uma pedra, com alguém em cima cujo peso não podia nem ser sentido, com pouco mais para se segurar do que o ar empurrando para cima, a penetração tornou-se insuportável. A presença descarada de outro corpo dentro dele era suportável enquanto sentisse o desejo pulsar na sua frente, ao seu alcance, o desejo que agia como uma "distração". Agora que o vento frio entorpecia seu sexo, por mais entupido de sangue que pudesse estar, e açoitava os testículos de volta às cavidades do corpo, nenhum desejo poderia entorpecer a dor da penetração.

Aquilo, uma precária situação entre o céu e a terra, era ao que a lógica cínica de sua sede de repetição o havia levado. Talvez um ataque de riso pudesse ter assumido o trabalho entorpecente do desejo, mas cada incitação ao riso foi cortada pela corrente de ar, literalmente arrancada dos lábios e enfiada de volta na garganta.

 Ele ouviu o zumbido do avião em cima. Ele se sentiu tão vigiado em sua posição indefesa que até pensou ter ouvido o zumbido de uma câmera. À sua frente, alguém carregava uma pequena câmera de filme em um suporte ao redor de seu braço, funcionando silenciosamente, é claro, mas na frente de Benny chacoalhava feito uma metralhadora. O cineasta, correndo o risco de destruir toda a constelação, soltou a mão do vizinho duas ou três vezes para agarrar, aquecer e esfregar o sexo do rapaz pendurado abaixo dele.

 Tinha acontecido com ele uma vez em uma esquina ventosa: um homem que pensou que estava cuspindo discretamente na sarjeta depois de pigarrear, mas viu seu catarro cair no rosto de Benny. Levou um momento para ele perceber que o que respingava em sua testa e em seu olho não era o excremento de um pássaro voando alto, mas o fruto das carícias do cinegrafista do outro lado. Por mais curta que fosse a distância que o sêmen tivesse que percorrer, quando chegou a Benny, já estava resfriado devido ao fluxo de ar, até mesmo frio.

 Foi por causa daquela cuspida insultante em seu rosto que, de repente, tudo se tornou demais para ele? Tinha que se libertar naquele exato momento, e nem um segundo depois, daquele medo ardente e sem prazer em suas entranhas.

 Benny soltou a mão do rapaz à direita e procurou o paraquedas ainda recolhido nas costas de seu amante anônimo. Ele encontrou o anel — e puxou. Benny não se soltou dele de imediato. O vento esperou por um momento até que o paraquedas tivesse aberto muito levemente, então fincou o punho na lona com força total. Os nós dos dedos eram visíveis de cima, marcados no paraquedas em forma de colchão.

O sopro infalível do vento literalmente derrubou o rapaz e o jogou de volta na direção do avião. Foi a força dessa ruptura abrupta que deu a Benny o prazer com o qual ele nunca havia contado.

Já era hora de Wult também abrir seu paraquedas. O vento se compadeceu dele com tanta força que por um momento ele antecipou ser jogado de volta nos braços do amante enganado. O vento perdia a mão, ora o jogava para a esquerda, ora para a direita, e continuou até o céu ficar cheio de paraquedas ondulantes.

Um paraquedas formado por duas bolas unidas levava dois homens pendurados. O que estava com as alças segurou o outro na direção oposta e ofereceu-lhe mais apoio, enchendo completamente a boca. O outro havia enlaçado suas pernas em um forte abraço ao redor do pescoço do paraquedista, que enterrou o rosto inteiro na cruz que se formava. Nessa imagem havia algo da facilidade natural com que um macaco e seu filhote se agarram um ao outro enquanto balançam no ar. Não muito longe dos dois, estava o homem com a câmera pendurada no braço. O pequeno avião branco e vermelho tentou se aproximar de forma imprudente.

O paraquedas de Benny flutuou lentamente para o outro lado. Ao longe, no meio do delta, ele viu a espinha da cidade, e isso o lembrou do momento em que havia chegado aqui, neste mundo. Então sua chegada, do ar, aconteceu em uma visão; agora repetia a descida. Lembrou-se, de maneira pungente, de qual era sua missão: buscar a repetição, mas com Gini... Então a descida se tornou uma espécie de purificação. Procedente de uma orgia de amor repetido mecanicamente, retornou flutuando ao seu destino. Lá atrás, no coração daquele ouriço em sua ilha, ele viveria celibatário até que encontrasse Gini. Na pobreza e na fome, se necessário.

Mas a terra é diferente do céu, e a terra firme dá ao homem pensamentos mais práticos do que quando se flutua por aí. Lá embaixo, o cego o puxou de novo, como um cachorro puxa seu dono, convertendo-se no próprio dono.

"Estou sentindo seu cheiro."

Ele conduziu Benny a outro bairro, onde as ruas eram dominadas de forma inusitada pela estrutura em zigue-zague das escadas de ferro. Ali encontrou — não em varandas, não em teatros sujos, mas em cafés — rapazes tão jovens, tão bonitos (mas menos radiantes) quanto os que haviam saltado com ele no ar. Ao contrário dos participantes do açoite, que muitas vezes o serviram até saturar, até além disso, eles não o forçaram.

"Sim, com planos de assassinato no máximo", disse o cego, a quem expressou seu espanto. "Neste mundo a concorrência é muito mais difícil. Também é um mundo muito mais monogâmico. Todos querem ser o amante fixo da tia mais rica."

Eles eram mais astutos e malvados do que os rapazes do A Luva Blindada, com algo de rato em seus rostos; ficou claro que eles ganhavam a vida com mais relutância. Para não perder a dignidade um com o outro, eles só podiam trocar experiências sobre suas tias açucaradas nos termos mais grosseiros e insultantes.

"... igual a boca de um tubarão. Cacete, ela deveria ter colocado uma barbatana na barriga como um aviso."

"... mas naquela primeira vez ela disse que ainda era virgem. Quarenta e *ainda* virgem: faz muito tempo que eu tinha vontade. Curioso, claro... Bem, se ela ainda fosse virgem, Bob, deveria ter feito um elástico na cinta-liga para incorporar a virgindade. Olha, Bobby, é claro que você sabe tão bem quanto eu que quem se prepara para abrir um portão trancado... ah, entendeu? Eu me perdi. Os rapazes não me veem há semanas."

Scant o levou não a Gini, mas a uma mulher abastada de quarenta e três anos e que não tinha uma perna.

"Não peço mais do que uma pequena comissão pelos meus serviços, senhor Wult. Minha principal preocupação é mostrar como o amor, o ato de amar, se desvaloriza por sua própria inexauribilidade, a tal ponto que o assunto só pode ser expresso em dinheiro. Entende?"

O desejo ardente que a mulher não ousava pedir ao marido era ser abordada *de lado*. Benny ficou surpreso como, mesmo em tal situação, seu corpo, como um escravo assalariado, conseguiu se levantar para desempenhar o exigido. E mais do que isso: as ações inusitadas, as direções de palco, o excitavam. A mulher indicou que queria deitar do lado direito, enquanto ele se deitava sobre ela na posição normal de acasalamento, de bruços. O estranho e excitante era que, pela primeira vez, não havia duas pernas a lhe abraçarem. Com suas pernas, ele teve que segurar a perna direita dela o mais forte possível. Não sobrou nem um toco da perna esquerda amputada, o que facilitou a manobra de deslizar para cima pela parte interna de sua única coxa, embora o quadril dela estivesse grudado no estômago dele como um cotovelo irritante. Durante a penetração, seu sexo foi levado em uma direção diferente sem que ele tivesse que dizer nada sobre isso. Ela era diferente das outras mulheres. O mundo deu uma volta de noventas graus, e nada se encaixava perfeitamente. Seus seios pendiam para um lado, no colchão. Suas mãos estavam reunidas sob a bochecha direita, como uma criança em posição de dormir, como uma criança pequena também dormia, com gemidos e tudo. Benny só conseguia encontrar apoio colocando as mãos em seu ombro superior e puxando-a para cima, por assim dizer, assim que aquele quadril batendo ameaçou derrubá-lo de seu caminho.

E ele repetiu isso com a mesma frequência, aquele negócio da perna mancando, até entender a verdade; que o que ela chamava de "desejo apaixonado" era a expressão máxima de vergonha de quem não tinha mais duas pernas para envolver outra pessoa. Era, muito mais do que com os rapazes de A Luva Blindada, um "amor com rosto desviado". Era amor pelo canto do olho.

Assim, através de Scant ("Sinto o cheiro"), ele conheceu da maneira mais íntima possível mulheres que já tinham tido toda uma vida amorosa, que muitas vezes se casaram mais de uma vez, com ou sem amantes fora do casamento, e que, ao repetir infindavelmente o ato, tinham se tornado o que eram: caçadoras de satisfação de paixões que, devido à repetição, nunca haviam sido abordadas. Todas as oportunidades passaram, e agora elas tinham que pagar o preço — o que, aliás, geralmente acontecia com o dinheiro do marido, falecido ou não.

Scant o ajudou a encontrar uma mulherzinha de voz fria, quase cinquentona e viúva há dezoito anos.

A fim de parecer ainda mais adolescente, a pedido do cego, Benny depilou as pernas. Mas, em vez de usar um depilador, ele as raspou, e ao tocá-las pareciam "uma lixa macia", como disse a pequena viúva. Seus desejos eram modestos.

"Se colocar a mão assim, meio torta, com os nós dos dedos levantados", ela começou com sua voz de criança esnobe, "não é como uma casinha? Bem, eu tinha encontrado uma casinha: a palma da minha mão quebrada. Nessa casa vivia minha... minha... É, morava lá. Mas estava um pouco áspera. Fissuras, lascas, farpas... E agora você veio, meu anjo, para lixar o interior da minha casa lisa e branca com essas longas pernas de lixa macia, para que minha pele... minha pele... pareça ainda mais confortável, para que possa morar em breve, quando você se for, meu anjo. Sem ter que mexê-la. Se eu... tirar minha mão do seu tornozelo... com movimentos longos..."

"Tenho uma tal de senhora Rorqual para você", o cego falou. "Podre de rica."
"Rorqual, Rorqual... por que esse nome me soa tão familiar?"
"O senhor deve ter ouvido os outros rapazes falarem dela. Parece que ela é bastante exigente, e manda alguém embora por qualquer bobagem. Por isso, tenha cuidado."
Não se lembrou até ficar diante dela. A senhora que lhe ofereceu um uísque no bar do hotel de luxo, ainda em seu velho mundo. Não, logo após sua chegada aqui, enquanto ele ainda *achava* que estava andando em seu velho mundo.
"Ah, o jogador de beisebol... Estou vendo que seu cabelo cresceu. Muito bem. Gosta de uísque com refrigerante, não é? Vamos começar por aí?"
Depois da bebida, ela mostrou-lhe a piscina, no telhado do prédio onde ela tinha um apartamento.
"A água está fria. Gelada. Vou explicar o motivo, e qual é o ponto."

Ela falava como um patrão instruindo seu novo assistente de limpeza, gesticulando de forma vaga, mas significativa com a mão em que segurava um longo cigarro com filtro.

A cada visita, a sra. Rorqual fazia Benny nadar por meia hora na piscina artificialmente esfriada. Ela cuidou do corpo frio dele, que a excitava ferozmente, e em especial de seu órgão genital, que havia murchado de frio. Ele teve que se esticar na beira da piscina relativamente fria, após o que a sra. Rorqual, que estava sentada ao sol o tempo todo, colocou as mãos brilhantes em seu peito e coxas completamente frios, e o que ela chamou de "pequena delicadeza" entre os lábios ou até mesmo o pegou entre os dentes para puxá-lo suavemente. Ele teve que ficar o mais imóvel possível, até sentir uma dor no peito por prender a respiração, que era intensa o suficiente após o longo mergulho.

"É como ressuscitar um menino afogado", ela disse uma vez. "Este jogo é minha pequena depravação. Uma tendência necrófila reprimida, imagino."

As últimas palavras de seu psiquiatra, "ressuscite", ela também chamou de sua pequena depravação. Ela realmente gostava do fato de que a ressuscitação estava indo muito devagar. Uma faísca de calor vivificante teve que perpassar seu corpo gelado, até chegar na sua boca e nas suas mãos.

Quando seu cabelo cresceu em toda a sua plenitude, Benny descobriu que em sua cor marrom-escura original havia uma estreita linha de um branco austero, que ia da testa até o cocuruto. Ele odiou; aquilo não caía bem para sua profissão atual. Será que durante sua transição de um mundo para outro começou um rápido processo de envelhecimento e depois parou outra vez?

"Isso é o que o terror faz com você", o cego disse, "ao ver a cadeira elétrica. Aqui, olhe...". Ele abaixou a cabeça. "Não sei se ainda está claramente visível, porque estou meio careca e grisalho... Foi por causa do medo. O medo da morte. Foi na época do serviço diplomático, na capital do inimigo, digamos. Eu estava sendo perseguido por agentes secretos. Me sentia ameaçado. Tinha certeza de que ia morrer. Digamos apenas que suspeitavam que eu fosse agente duplo. Bem, escapei disso, mas quando me vi pela primeira vez no espelho, achei que tinha ficado bastante impassível para alguém nas minhas circunstâncias, 'tão durão', repeti, de repente, como um cartão de visita da morte, aquela crista branca."

De fato, parecia haver uma leve diferença de tonalidade entre o cabelo normalmente grisalho, levemente amarelado por ficar em restaurantes baratos, que cobriam o crânio, exceto pelo cocuruto careca, e uma mecha de cabelo angelical completamente incolor que pendia sobre a testa. Esses sinais persistentes de agonia, esses "cartões de visita da morte" aproximaram os dois homens?

Benny manteve o cabelo curto, o que só realçava a diferença de cor. Por causa das marcas em sua "pele", a sra. Rorqual o chamava de "meu gambá inodoro".

"Mas isso também tem a ver com aquela glândula, querido, com a qual você continua jorrando seus fluidos tão prodigamente. É preciso que você saiba, querido, que isso nunca vai me fazer ir embora. Nunca. Não importa o quanto tente. Isso só me aproxima de você. Sim, é assim com os gambás inodoros..."

Várias vezes, Benny Wult teve que experimentar a força avassaladora com que a memória dos menores detalhes daquele velho e antigo mundo se impunha. De fato, neste novo mundo de repetição, tal memória fazia com que a presença do objeto lembrado fosse mais física do que as coisas que Benny percebia diretamente com seus sentidos. Ocorria principalmente com tudo que tinha a ver com Gini, nos mínimos detalhes de sua antiga união.

Num desses dias, durante a ida à sra. Rorqual, observando um pequeno barco rasgar suas amarras nas ondas de um transatlântico que passava lentamente, ele viu como uma corda já desgastada não aguentaria mais. Depois que o primeiro fio se partiu, as pontas novas se torceram com a velocidade da luz, e soou um zumbido ao redor dos fios entrelaçados que haviam restado e que a duras penas ainda resistiam. Por causa de sua velocidade, mas também por causa da pulverização de faíscas (na realidade, partículas de cânhamo louro-dourado brilhando ao sol), as pontas das cordas pareciam chamas furiosas ao longo de um pavio. Mas, à medida que avançavam — em direções opostas —, diminuíam a velocidade, finalmente parando por completo e se espalhando em forma de borla. Uma após a outra, as fibras procuravam inseguras, saltitantes, a disformidade original e rígida do cânhamo, mas mantinham o aspecto encaracolado.

    Assim, havia muito tempo, em outro mundo, o cabelo de Gini tinha escapado de seu estado entrelaçado depois que ele a libertou de sua meia-calça. O náilon estava tão carregado de estática que, quando ele aproximou o rosto, ouviu as fibras louras de cânhamo estalarem baixinho. Onde a tela as havia segurado, saltaram uma a uma em seus lábios; não dava para imaginar um beijo mais refinado. E essa era exatamente a diferença da realidade que o cercava nessa nova vida. Ali tudo parecia opaco, velado, apesar do verão que aguçava os contornos de todas as coisas. Cada objeto parecia mostrar ao espectador seu lado mais nebuloso e incolor, convidando-o a esquecê-lo o mais rápido possível. Enquanto em sua lembrança havia apenas Gini se despindo, cada espesso cabelo loiro batendo em seus lábios com a força terna de um badalo dourado, e cada badalo tocava uma nota diferente, formando um carrilhão jubiloso...

    Aqui deste lado, a realidade desvanecia-se ainda mais quando, por qualquer motivo, surgia uma memória tão escassa quanto distante. Era até como se aquelas imagens de memória *para-*

sitassem o corpo já pálido e anêmico da realidade, alimentando-se dos últimos resquícios de cor e sangue.

Desde sua chegada ali, ele tinha conhecido os altos e baixos do desejo sexual, da euforia e da aversão, todas as variantes, em todas as constelações, com ambos os sexos. Mas, assim como o retrato oval de Gini entrou em sua memória, todas as cavidades, dobras, rugas íntimas logo descoloriram para um rosa-acinzentado (um rosa que se apresentava em alguns animais, no interior dos lábios dos cães, ou em porcos que perderam a cor de leitão — um rosa tão cinza que não deveria mais ser chamado de rosa).

Foi a possibilidade de repetir que fez este mundo perder a cor. Objetos, corpos, fenômenos se expunham repetidas vezes aos olhos avaliadores de pessoas que tinham a liberdade de escolher entre servir ou não um prato, satisfazer-se ou não com outro, ou aproveitar ou não um dia de ventania para empinar pipa. Toda essa exposição frívola fez as coisas desbotarem, como cortinas penduradas ao sol por muito tempo. Perderam as pontas afiadas por causa de todas as mãos que passavam julgando, mas sem pensar, acariciando-as. Seu brilho desaparecia sob os toques gordurosos de dedos que muitas vezes nem as usavam. Era um mundo que se cansava mais de folhear do que ler com atenção.

Benny não esperou o resto da corda arrebentar. Ele tinha visto o suficiente para alimentar aquela memória. Era melhor continuar andando ou se atrasaria para seu compromisso com a sra. Rorqual, que não podia manter sua piscina fria indefinidamente.

Era possível escapar deste mundo, onde ele não tinha nada a procurar, exceto Gini, a quem não conseguia encontrar?

Encravada entre arranha-céus duas, três vezes mais altos, Benny Wult encontrou uma igreja que, séculos atrás, devia ter dominado o horizonte com sua torre esbelta. Ele entrou. A luz do sol não podia penetrar em nenhum lugar para iluminar os vitrais. O órgão, no qual alguém estava ensaiando, soava abafado, como se o som não pudesse escapar reverberando ruidosamente, com aquela cidade de arranha-céus feito uma cúpula extra sobre a igreja. As notas sombrias e baixas o procuravam abaixo, entre as fileiras de bancos.

Estava agradavelmente fresco. Perto de um confessionário, espalhadas por vários bancos, cinco pessoas esperavam. Uma sexta pessoa saiu pelas portas de vaivém, caminhou até o altar e se ajoelhou. Seu lugar no confessionário foi ocupado por outro. Duas vozes sussurraram, uma resmungando, a outra assobiando.

À espera de sua vez, Benny não tirava os olhos de uma espécie de cama de pregos aos pés da Virgem. Velas finas foram empaladas na maioria dos alfinetes. Queimavam vivas e eretas. No meio desse junco em chamas, perto da beira do prato preto, uma vela recém-acesa havia caído, provavelmente de um toco em chamas próximo. Ela pendia com o pavio abaixado sobre o chão da igreja, de modo que a chama escapava por seu próprio eixo, e grandes gotas de cera líquida *respingavam* nos azulejos, extinguindo-se instantaneamente com o impacto.

Benny se pegou vendo a cena na penumbra da igreja pelos olhos de Gini, sem ter que se esforçar a fazê-lo. E de repente teve certeza do que ela diria, não, ele até pensou ter ouvido a voz dela, de tão forte que era sua sugestão.

"Olha que tristeza. Como ele agacha a cabeça. Chora lágrimas de fogo."

O órgão tocava algo tão pesado que as madeiras dos bancos ressoavam, mas ao mesmo tempo pequenos tubos ao lado soavam a melodia de Popeye, o marinheiro. O organista estava praticando com a mão direita.

A vela jogou a chama em suas próprias costas com tamanha avidez que a ponta dobrada parecia uma torneira vazando, produzindo fogo líquido entre pingar e escorrer. Somente quando queimou até a metade e as últimas lágrimas se apagaram e coagularam que Benny desviou o olhar. Os bancos estavam vazios. Levantou-se e foi ao confessionário.

"Cometeu algum pecado ultimamente..."

"Não vim confessar meus pecados. Quero lhe perguntar algo sobre possíveis pecados. O que me espera se eu me matar?"

A sombra na saleta adjacente aproximou seu rosto da pequena janela gradeada.

"O suicídio conta como um pecado mortal e, portanto, necessariamente leva ao Inferno."

"Quanto tempo dura o seu Inferno?" (Ele não perguntou: "Como é o seu Inferno?", isso era secundário.)

"Uma eternidade, claro. O que achava? Assim como o Céu."

"Uma eternidade relativa... como a vida aqui?"

"Uma eternidade completa, é claro!", o padre quase estava gritando. "O que acha? Não acaba nunca. Jamais."

"Que aparência tem o seu Inferno? Como ele é?"

O homem do outro lado mudou de posição, acomodou-se, olhou novamente para o relógio.

"Sim, Inferno... varia de pessoa para pessoa, é claro. É claro que é uma questão — agora em um plano puramente técnico — de quais foram seus maiores medos, suas piores experiências, seus piores pecados aqui na Terra, neste vale de lágrimas. No Inferno, essas abominações serão repetidas infinitamente. Isso é justo, não é? Quem estuprou alguém será atiçado com vara incandescente pelo próprio diabo e durante a eternidade. É apenas um exemplo. Quem se suicidar terá que se suicidar eternamente. Terá que respirar gás eternamente. Sentirá o aperto do laço da corda a eternidade inteira. Inúmeros mortos morrem no decorrer dessa eternidade. Veneno? Milhares de serpentes o abraçarão para sempre, chacoalhando, silvando. Tiro? Um pelotão de fuzilamento de demônios incessantemente disparando estará ao seu serviço por uma eternidade. Só estou dizendo... o Inferno é a repetição absoluta de todos os tormentos, feitos aos outros ou a si mesmo."

Depois de tudo o que aconteceu com ele, Wult tinha alguma boa razão para duvidar das palavras de um padre?

"E o seu Céu?"

"O Céu é a ausência absoluta de tormentos terrenos. Um estado de descanso e paz e leveza, um Bem tão absoluto que só pode ser falado em termos de luz e ouro e... e trombetas angelicais. É tudo apenas uma metáfora, caso contrário ficaríamos completamente sem palavras. O Paraíso, meu caro, é a ausência absoluta de tudo e de tudo e de tudo. Porque somente por sua simples presença, a mínima ou mais insignificante presença, qualquer coisa ainda significaria dor e fardo. O Nada é o mais alto. Não o Nada que nos precedeu... Imagine, olhe!... Porque isso não tem sentido, por assim dizer. Não, o Nada que segue nossa existência. O Nada relativo. O Nada como a ausência de toda a dor que o precedeu. O Nada que constitui a verdadeira salvação... isso é o Paraíso! Entra-se nele através da morte. Uma morte que, ao contrário da terra do outro lado de Deus, não se repetirá, mas fracassará para sempre, assim como tudo, tudo e tudo e *tudo*, fracassará para sempre. Tem mais alguma pergunta?"

"Não, obrigado, padre."

A visita relâmpago

Predestinado a uma vida que não excederia um dia, Benny Wult obviamente não contou todos aqueles dias, mas já deviam ser muitos, e enquanto ele estava ali, nesta estância de férias onde os divertimentos nunca acabavam, o tempo não tinha mudado. Permanecia mais ou menos como o conhecera durante toda a infância, com a grande diferença de que o verão tinha que ser sempre... sim, parecia que sempre tinha que ser *recriado*, todos os dias.

Assim que a manhã começava, sentia uma sensação de familiaridade e reconhecia as sucessivas fases de sua juventude movendo-se feito imagens aceleradas. Apenas depois do meio-dia começava a se sentir inquieto. Benny não conseguia se acostumar com o pôr do sol. Oprimia seu ânimo, o deixava terrivelmente depressivo, e piorava à medida que os dias, com o passar do verão, ficavam ainda mais curtos do que os que ele já havia vivenciado. Todas as tardes esperava uma catástrofe, mas tudo o que acontecia era que à noite o sol irrompia em mechas vermelhas e douradas, e logo se erguia novamente do outro lado do mundo, com aquelas mesmas mechas ainda ao seu redor, às vezes complementadas com roxo. Sem que Benny Wult envelhecesse visivelmente.

Somente naquela tarde chamada de "19 de agosto", no topo de todas as páginas do jornal, suas premonições teimosas pareciam se tornar realidade. Não muito depois do almoço, o azul do céu à prova de sol se desvaneceu como cortinas de rede desbotadas. Benny ainda era o único na rua que olhava constantemente preocupado para o céu, como se todo mundo estivesse familiarizado com o fenômeno. Foi só quando saiu do escritório que viu alguns (não mais do que alguns, por enquanto) olharem para cima e encolherem os ombros, enquanto do sol pendia um véu tão imundo quanto a gaze que ele usou em suas queimaduras por tanto tempo. O povo simplesmente desconhecia o que estava por vir.

Primeiro tiveram que suar profusamente antes de finalmente falar sobre a ameaça. O suor em seus pescoços os fazia soltar a língua.

"Que agonia."

"Abafado."

"Ninguém consegue respirar."

"Não aguento mais."

"Impossível viver nessa cidade no verão de agosto. Não passa nenhuma rajada de vento."

"Deixa pra lá. Não desperdice sua respiração."

"Estou morrendo."

O próprio Wult também transpirava. Pela primeira vez, um mergulho na piscina gelada da sra. Rorqual não parecia um castigo. Mas o pensamento do tratamento sem dentes dela depois o assustou: tinha certeza de que seu coração, já batendo tão violentamente, iria falhar. O rosa intenso da dentadura sorridente dela na moldura azul-celeste da piscina... A bruxa sugaria seu coração de seu corpo frio, do jeito que ele a viu chupar uma ostra que estava no gelo raspado.

"O tempo vai mudar", Benny ouviu um taxista dizer a seu colega. "Não tenho dúvida."

"Não tem lugar mais seguro que o carro."

Mudança de tempo... Ele estava realmente assustado. Em seu antigo mundo, "mudança de tempo" nunca foi mais do que uma referência proverbial ao futuro. No máximo, uma oportunidade para os filhos de seus filhos. "As gerações futuras serão capazes de sobreviver a uma geada rigorosa?" "A humanidade chegará a outra primavera meteorológica... ou será invadida por uma forte geada?"

Embora Benny temesse um encontro, teve que perguntar a Scant sobre isso. No alto, entre as torres, o céu ficou cinza-escuro.

O cego sempre sabia onde encontrá-lo, mas era mais difícil o contrário, porque Scant não parava de mudar de endereço. A última vez que Benny o consultou, o homem morava em uma caixa de papelão em uma rua sem nome ou número, ou pelo menos não havia placa com tal nome ou número em nenhum poste. Benny a chamou de *rua de Edison* por causa das letras "Edison Co." que estavam gravadas nas tampas redondas dos bueiros.

Escureceu muito mais cedo do que nos outros dias. Durante sua caminhada apressada (ou ele estava correndo?), Benny viu as lanternas traseiras vermelhas dos carros passarem em guirlandas apertadas. Às vezes havia um som que o assustava ainda mais, nunca ouvido antes, sem relação com o trânsito ou outros ruídos da cidade. Era algo distante, mas ao mesmo tempo muito próximo, pois fazia cócegas nas solas de seus pés. Explosões subterrâneas deviam soar e ser sentidas à distância. Mas explosões subterrâneas perto de uma cidade densamente povoada...? Apressou o passo, como se a casa de papelão do cego pudesse protegê-lo de qualquer desastre.

Não havia luzes na rua lateral. Buracos nas tampas dos bueiros, que formavam uma longa linha no asfalto, liberavam o ar quente das catacumbas subterrâneas, onde a energia a vapor mantinha o ar-condicionado do bairro funcionando. O ar quente, com o frescor de adega nesta rua de fachadas altas, criava uma coluna inteira de plumas brancas.

"Olá, senhor Wult", Scant falou antes que Benny o visse. "Anda mais agitado do que o normal. A senhora Rorqual alterou o testamento a seu favor?"

O cego estava sentado no meio-fio, entre dois carros estacionados, em frente a uma enorme caixa de papelão, com uma porta baixa e uma janela cortada. Na mão direita um frasco marrom de farmácia (álcool etílico, Benny imaginou), na esquerda um copo plástico. A seus pés estava uma caixa de papelão com dois litros de água destilada para preparar *drinks*.

"O senhor está ofegante. Estava com tanta pressa para trazer minha parte?"

"Não fui hoje. Pode me dizer..."

"Não foi... A senhora Rorqual não tinha certeza de novo?"

"É exatamente para isso que estou aqui. O tempo vai mudar. Todo mundo está falando sobre isso. O que está acontecendo? O que vai acontecer mesmo?"

"Está quebrando a cabeça, hein?"

Uma súbita rajada de vento forçou as nuvens de vapor a se curvarem uma a uma no asfalto. Uma espessa névoa branca escondeu o cego por um momento. Quando a coluna se ergueu novamente, o rosto dele, o frasco em sua mão e seus sapatos pareciam cobertos de gotículas extremamente finas.

"O senhor não está?"

"Por causa da tempestade? Já passei por isso antes. No ano passado, pouco depois de chegar aqui. Sim, para ser honesto, fiquei chocado na época. Quando era garoto, ouvi muito sobre isso — da boca do meu avô, que ouviu de seu bisavô. E assim sucessivamente na história. Pura tradição. A realidade é bem diferente. Pode ser bastante assombrosa. Mas não se preocupe, todos esses arranha-céus aqui têm para-raios decentes."

Na rajada de vento seguinte, Benny se cobriu com a pluma branca.

"Quer que eu lhe sirva uma bebida?"

Benny esfregou o rosto molhado.

"Não, obrigado."

"Entendo. Se acostumou a algo diferente com a senhora Rorqual. Provavelmente ela tem coquetéis exóticos postos na beira da piscina."

"Na beira da piscina dela eu nunca vejo nada, mas... eu não bebo."

"Ia fortalecer seu coração tendo em vista as tribulações por vir."

Scant serviu um pouco de álcool em seu copo, depois acrescentou um pouco de água.

"O senhor deveria vir comigo de novo ao *açoitamento*. Ninguém está disposto a me dar os detalhes adequados da competição. Eles só me dizem o que já cheirei. O que é isso? Relampeja?"

O cego deve ter ouvido Benny fazer um movimento brusco. De fato, ele se assustou com um lampejo irregular, que não poderia ter vindo dos letreiros iluminados.

"Algo cintilou... Completamente incolor. Como se... a luz do dia quisesse disparar de novo para o céu. Algo assim."

"Olha, é isso que quero dizer. Detalhes que beneficiam uma pessoa. O senhor tem que me acompanhar de novo até A Luva Blindada."

O céu, no alto entre os prédios, estava novamente cinza-escuro, impassível. Benny ouviu aquele som distante como se um Deus murmurasse em seu colarinho.

"Está se aproximando", concordou Scant.

"O que te faz dizer isso?"

"Sempre está se aproximando. Até o clímax. Depois desaparece novamente. Fácil de lembrar, não é?"

Ele tomou um gole do álcool diluído.

"E... a busca pela pequena Gini cessou?"

"Não, mas virou uma espécie de 'observar Gini'. Um tique em vez de uma tentativa sistemática. Procurei em todos os lugares. Em todos os lugares em que estivemos juntos, que poderiam servir de ponto de encontro. O bar... o banco do parque... a praia. Em todo lugar."

"E o lugar onde vocês... é... estiveram juntos? *Estiveram juntos*, quero dizer."

"Um albergue para alunas. Acho que virou um hotel comum. Turistas e viajantes de negócios. Ei...!"

"Relâmpago?"

"Faiscou de novo. Acho que agora demorou mais."

"Ah. E o hotel, há quanto tempo estava lá?"

"Não estive lá. Não passei da recepção. Eles não tinham o quarto 1524. O hotel tem um lado L e um lado U. Além disso, eles contam seus quartos de baixo para cima, não por andar como antes. Fiz guarda lá o máximo possível. Ela deve ter estado lá, mas em um momento em que eu... bem, bem, tinha negócios a fazer. Imagino a decepção dela: 'O albergue não existe mais, Benny nunca vai esperar por mim aqui.'"

"Barulho de trovão? Já? Então a tempestade está mais perto do que eu pensava."

"Como calcula isso?"

"O senhor, como uma ignorante criança de verão, naturalmente registra dois fenômenos diferentes. Um óptico e um acústico. O velho erro. O que vê e o que ouve são dois lados do mesmo fenômeno. Apenas a luz avança sobre o som... Basta pensar em um fenômeno mais familiar como o sol. Você chafurda em sua luz, nutre-se dela, mas o crepitar das chamas, o tremendo barulho que acompanha o fogo, não ouviria isso até anos e anos após a chegada da luz à terra. Bem, isso se não ficar preso em algum lugar ao longo do caminho. Só estou dando um exemplo. A tempestade está mais perto de casa. Tem, digamos, um lado lento e terreno — o trovão — e um lado rápido — celestial —, disfarçado de relâmpago. A chuva é mais um efeito colateral."

Era como se o cego lesse um texto escrito no asfalto. Benny olhou atentamente para aquele local imaginário e, em vez de sentir qualquer coisa, viu a superfície empoeirada da estrada ficar repleta de grandes pontos escuros. Então ele cobriu seu pescoço, sua testa. Mas as costas de suas mãos também estavam expostas.

"Está chovendo", o cego disse.

"Chuva..." O pânico de Benny foi complementado e ao mesmo tempo contido por uma sensação de alívio. "Tenho que ir embora. Não posso ficar aqui assim."

Enquanto falava, uma grande gota tocou seus lábios. Sentiu o gosto de ferro, mas para ele era o gosto de algo muito mais inspirador e incompreensível.

O cego riu.

"Isso não derrete ninguém."

Mas era exatamente isso que Benny esperava da chuva desconhecida: que o derretesse, o lavasse, o dissolvesse...

"Tenho que ir embora. Vou."

"Só mais uma coisa, senhor Wult. Digo o que vale a pena dizer. Recentemente, em uma cafeteria, ouvi uma conversa entre duas mulheres. Mãe e filha. Um tempo antes, elas haviam se separado enquanto faziam compras. 'Então acho: muitas vezes comíamos algo no Thalberg depois das compras — aqueles pastéis naquela época, lembra? —, bem, eu vou lá. Quem sabe, mamãe pode ter a mesma ideia. Só que fecharam o Thalberg! Virou uma cafeteria! Eu já tinha andado, quando pensei: sim, mas ainda é o *lugar* do ladrão do Thalberg. Talvez mamãe pense o que estou pensando... Dei a volta! Bem, eu tinha razão ou não?' Se eu fosse o senhor, tentaria descobrir qual hotel corresponde ao novo número do antigo quarto de Gini. Quer dizer, em algum lugar naquela rua, as dimensões do quarto dela devem ser visíveis de longe. Busque um quarto o mais próximo possível, com a mesma vista. Assim que ele estiver livre, fique lá durante um tempo. Se for muito caro, pague depois a minha parte de Rorqual."

Quando ele entrou, mais luzes se acenderam. O salão estava menos vazio do que... sim, do que quando? Desde aquela época. Havia recipientes de samambaias de plástico plantadas em cascalho fino. Os peixes no aquário estavam realmente vivos, embora entre plantas aquáticas de plástico. Talvez algum garoto tenha jogado aquelas duas conchas mágicas lá. Elas haviam se aberto no fundo, soltando seus paraquedas coloridos, que balançavam suavemente logo abaixo da superfície da água. Benny imaginou seu filho, o nariz pressionado contra o vidro até que as conchas revelassem seu conteúdo...

Em seu monitor, o porteiro seguia tenso uma pessoa que caminhava por um corredor em algum lugar do hotel. Entre cartazes publicitários emoldurados, havia um grande mapa da ilha pendurado na parede atrás de suas costas.

"Estou de olho no senhor, amigo", o porteiro rosnou. "Te notei."

"Talvez o senhor ache meu pedido estranho, mas..."

O porteiro ergueu os olhos do monitor. "Procura abrigo? Pelo visto, não conseguiu ficar totalmente seco."

"Não, não é isso. Eu morava aqui, sabe..."

"O hotel existe há apenas dois anos."

"Sim, morava nesse lugar. No prédio que foi demolido. Décimo quinto andar. Gostaria de ficar em um quarto por alguns dias, mais ou menos no local do meu antigo apartamento, por motivos sentimentais, digamos assim. O importante é a vista. Dava para o parque."

Um trovão abafou os sons do tráfego da cidade.

"Esse estava mais perto", disse o porteiro. "E não era tão econômico. O senhor vai ver que, em breve, as vibrações vão causar um grande caos. Sempre digo que a trovoada é cúmplice de um crime menor. Décimo quinto andar, foi o que o senhor disse?"

Apertou algumas teclas até que o que ele queria saber apareceu em letras maiúsculas brancas no fundo verde.

"Então, só os quartos L331, L333 e L335. Temos apenas três por andar com vista para o parque. L333 está ocupado. Os outros dois estão livres, não foram nem reservados. Espere", ele pegou um telefone, ligou os interruptores, "vou pedir que alguém suba com o senhor".

"Posso perguntar quem está ocupando o L333?"

"Pode perguntar, mas eu não posso responder. Você está aí, Benjamim? Está em forma hoje? Aqui tem um senhor que quer que você o leve até o décimo quinto. Na recepção, sim."

"E se eu perguntar de outra maneira?"

"Vamos ver."

"O quarto não é ocupado por uma senhora ou senhorita Trades?"

"Ah, dessa maneira, sim. Não, de jeito nenhum. Não pode ser essa senhora, nem mesmo com outro nome, porque o quarto está ocupado apenas por um senhor."

"Obrigado."

No elevador, Benny tentou recapturar a sensação de saudades da primeira vez que subiu por esse poço (um poço mais ou menos neste lugar), a fim de ver Gini, mas só experimentava a sensação constrangida de subir em direção àquele caldeirão de trovões e relâmpagos, embora nada pudesse ser ouvido ou visto na gaiola fechada. O rapaz do hotel brincava com as duas chaves, escondendo um molho em cada mão, L331 e L335. Os molhos, como Benny já havia notado, eram de acrílico e cheios de chaves em miniatura, lembrando a chave do diário que a sra. Rorqual usava em uma pequena corrente em volta do pescoço. O garoto os girava rápido, como pequenas hélices.

"O décimo quinto. Por favor."

Nas paredes do corredor, em uma espécie de papel de parede de juta, havia serigrafias penduradas. Ouvia-se música dos alto-falantes embutidos no teto. Benny reconheceu uma melodia popular, adaptada mais docemente para flauta e cordas e uma guitarra elétrica dedilhada. O rapaz do hotel, que não parava de tilintar as chaves, cantarolou com um grunhido (havia um bigode felpudo no lábio superior que nunca devia ter sido barbeado). As mangueiras de incêndio vermelhas, em nichos atrás do vidro, eram de todos os tempos, de todos os mundos.

Sem interromper o balanço da chave na mão esquerda, o rapaz abriu a porta do quarto L335.

"Pode passar."

Benny logo foi até a janela e abriu as cortinas.

"Não, esse não."

"Como quiser."

O L335 foi fechado novamente. Na frente do L333 havia uma bandeja com os restos de um café da manhã. O preto raspado da torrada queimada. Partículas de polpa de laranja flutuando em um líquido turvo. Metade de um *croissant* refrescando-se num saquinho de chá molhado.

L331. Comovido, Benny reconheceu a vista. Apenas ficou olhando para o parque, esquecendo completamente o rapaz do hotel.

"Gostou desse, senhor?"

"Oh, desculpa. Sim, mais do que gostei."

"Deseja mais alguma coisa, senhor?"

"Não. Melhor, sim. Se uma certa senhora ou senhorita Trades aparecer nos próximos dias, por favor, tenha a gentileza de informá-la de minha presença."

"Vou passar para a recepção, senhor. Trades, disse?"

"Trades, sim."

"Trades. Tudo bem."

"Quer que eu escreva?"

"Não, senhor. Eu vou me lembrar. T.R.A.D.E.S., não é?"

"Sim, T.R.A.D.E.S."

A repetição do nome teve um tom desagradável, até que Benny percebeu que o rapaz, que agora só conseguia girar feito uma hélice, estava esperando a gorjeta. Ele deu-lhe uma quantia enorme, ganhada por sua própria subserviência.

"Desejo-lhe uma estada agradável em nosso hotel, senhor. Se quiser algo, disque 9 para o *room service*."

O rapaz fechou a porta quando saiu, e Benny o ouviu cantarolando rumo ao elevador com a bandeja tilintante nas mãos.

O quarto só se parecia com o de Gini pelas dimensões (aproximadamente) e a vista. Havia duas camas de solteiro com colchas verde-escuras, um aparelho de televisão em um suporte, uma pequena geladeira coberta com uma estampa imitando madeira: o "frigobar". Na parede havia um telefone tão anguloso que o interlocutor, mais cedo ou mais tarde, ia se machucar. A mobília não era diferente da dos quartos de hotel onde os amantes e as amantes que pagavam pelos serviços de Benny às vezes o levavam. O suporte de malas, o guarda-roupa de plástico com zíper, a poltrona de couro sintético, a lixeira com um saco aparecendo sob a tampa... todas essas coisas emanavam um leve desgosto, desgosto pelo orgasmo forçado, que podia ser repetido algumas vezes por demanda. E de repente surgiu o medo de que ele encontrasse Gini aqui... com um cliente. Afinal, o inverso poderia ter acontecido.

Sentia-se tão sujo pelas suas andanças pela cidade grande, pelas suas aventuras, que até pensou sentir o cheiro da saliva de todas as bocas que o tinham tocado. Sentiu o cheiro dos braços, agachou-se com a cabeça entre os joelhos, enfiou o nariz por baixo do suéter... O cheiro ácido da saliva dos outros estava em todo lugar. Era o cheiro de chuva em suas roupas e em seu cabelo, mas ele não sabia nada sobre as propriedades da chuva. Tudo em que conseguia pensar era em um banho de limpeza para se livrar do fedor de todas aquelas criaturas viscosas secretoras de lodo.

Enquanto tomava banho, em um pequeno banheiro que lhe parecia do mesmo modo repugnantemente familiar, o trovão retumbou tão alto e alongado, palpavelmente no piso de ladrilhos, que ele não ousou permanecer tão nu e molhado e indefeso naquele espaço fechado.
 Benny se secou apenas pela metade. Do lado de dentro da porta havia um roupão de banho com o nome do hotel nas costas. LAMMERMOOR. Ele o colocou, mas não se incomodou em puxar o cinto pelas presilhas; ele o deixou enrolado no saco plástico lacrado da lavanderia.
 Ele entrou na sala, ofegante de medo, suando através das gotas de água. Calma e crepúsculo. Nenhum trovão, nenhum relâmpago, nenhum murmúrio de chuva caindo. Benny se agachou em seu casaco para se enxugar. A semiescuridão facilitou que ele se imaginasse no antigo dormitório de Gini. No armário, cuja porta permaneceu aberta, pensou ter visto a pequena fileira de livros dela. Ele tinha lhe enviado dois e se lembrou de uma passagem de sua carta de agradecimento. "*E... seus livros estão na minha estante, à luz do sol, ficando bonitos e quentes, e sua carta também está bonita e quente, porque está ao lado deles.*" Será que essas palavras teriam o mesmo efeito comovente se não fosse costume entre as pessoas cultas proteger seus livros da luz do sol?

No mesmo armário havia uma vitrola, no qual havia deixado — "à luz do sol" — um disco. Continha uma música que, uma vez, havia muito tempo, ele tinha tocado com os dedos nos dedos dela. Para aliviar a angústia do pós-coito, ela queria girá-lo, como um lembrete de quando se conheceram, mas, depois de ligar o aparelho, o disco oscilou tanto que derrubou o suporte da agulha. O calor tinha derretido os sulcos.

"Ah, olha só o meu disco... parece uma panqueca de alcaçuz."

Panqueca de alcaçuz. Aquelas palavras. Ainda faziam parte da linguagem dela antes do jogo amoroso sério. Naquela época, a estudante ainda não havia morrido.

Benny foi até a janela. O parque abaixo era um tapete escuro de lã áspera. Sob o céu quase negro, as torres ao redor pareciam mais claras do que o normal, algumas quase tão brancas quanto gesso. Atrás daqueles milhares de janelas, as luzes se acenderam em uma velocidade vertiginosa. A cada momento, igual aos letreiros de néon no distrito dos teatros, dava para esperar vê-los se apagarem ao mesmo tempo — mas algo mais aconteceu. Acima dos arranha-céus do lado leste do parque, um rio irregular de luz branca foi lançado no céu. Era curto, mas visível em todos os níveis, como os rios que Benny às vezes tinha visto de seu avião, apenas por um momento, brilhando ofuscantemente ao sol. Isso sempre lhe deu uma sensação de poder. Deus havia criado os rios para ensinar ao homem, sentado humildemente na margem, algo sobre o tempo e a passagem. Mas, na criação, Ele também levou em conta que o mesmo ser humano poderia se elevar acima do mundo? Benny foi capaz de desviar o jato de combate de tal maneira que a corrente, em seu leito errático e sob o brilho do sol, ficou congelada em uma foto para a eternidade. Agora via como aquela foto foi tirada de novo, mas contra um fundo escuro.

Sem se mover, sem ser capaz de se mover, tão congelado quanto o riacho congelado, Benny Wult estava na janela olhando para o lugar onde tinha visto o rio. A cama, algo como um delta complicado, continuou queimando em sua retina por um tempo, até que também foi apagada para sempre. Só então percebeu que, assim que o relâmpago brilhou, ele dobrou as partes soltas do roupão uma sobre a outra, como se quisesse proteger sua masculinidade da luz; seus punhos, com o tecido cerrado, permaneceram cruzados sobre o abdômen. Tão erráticos e tão rápidos quanto os relâmpagos, os pensamentos brilhavam em sua mente como se os antigos sistemas fluviais fossem "subterrâneos", deixando um deserto atrás de si... mas tudo isso foi varrido pelo golpe do trovão, cujo eco ainda podia ser comparado ao som de um prédio sendo derrubado por dinamite.

Em um reflexo, Benny deu um grande passo para trás, como se estivesse sendo empurrado, tropeçando e caindo em uma das camas. O forte colchão de molas, que a princípio o jogou para cima novamente e depois continuou a embalá-lo por um instante, devolveu-lhe a lembrança do colchão imundo de Gini, do qual eles haviam batido tanto pó velho com seus corpos batucando que o caminho da luz do sol entre as cortinas e a parede foi completamente bloqueado. Até que sua jornada terminasse, continuava girando e rodopiando, aquela poeira de uma cama que tinha permanecido casta por tanto tempo... Antes disso, a luz do sol percorria toda aquela distância pelo sistema solar: para mostrar como a poeira se nublava, dançava e deitava novamente.

Da cama, Benny podia ver o resplendor do outro relâmpago. Durante seu treinamento de voo, o instrutor tinha pouco a dizer sobre o fenômeno do trovão, então a chance de que os pilotos tivessem que lidar com isso era muito pequena. Trovões e relâmpagos pertenciam à mitologia, não à realidade. O tremor da cama o fez compreender que estava imerso naquele aterrorizante mito de sua infância. Bem no meio.

De suas lembranças daquele velho mundo, resplandecente e luminoso, que ele nunca, nunca deveria ter deixado, aquelas em que estava com Gini eram as mais nítidas e doces. Naquele quarto, as lembranças eram ainda mais facilmente evocadas do que em outros lugares da cidade, e essas lembranças, mesmo com aquela tempestade capaz de fazer o mundo lá fora desvanecer, perder importância e perder poder, impunham-se pela força e clareza de sua aparição.

As pernas de Gini, depois que ele as soltou da meia-calça, brilharam, o tipo de luz que penetra o vidro grosso de leite; a luz penetrava mesmo através das sombras que suas mãos lançavam sobre a pele. Ele se lembrou (lembrou fisicamente) como aquelas pernas apertadas e brancas como leite lhe deram o desejo de escavar sua língua e lábios em torno de suas dobras escuras, para que ele pudesse realmente encher a boca com o "sabor salgado do desejo". Ele a chupou até o fim e se maravilhou com tantas dobras insuspeitadas que deslizaram com ternura, quase sem peso, sobre seus lábios, atraídas por sua respiração.

O roupão havia se aberto outra vez, mas Benny, novamente hipnotizado por aquela árvore de luz branca que subia rápido ao céu (o visível e o audível se sucederam tão rapidamente que o primeiro arrastava e o segundo levantava do solo, por assim dizer), não percebeu quanto seu corpo estava participando do que se passava em sua memória.

O último trovão foi acompanhado de algo estalando. A janela tremeu. Garrafas em miniatura tilintavam na geladeira. Benny sentiu o chão ondular. O medo buscou refúgio em suas memórias, tão dolorosamente agudas que, assim como havia cheirado na época, através de seu próprio suor noturno de verão, ele achou que podia sentir o ar picante do corpo de Gini.

A escuridão era quase completa, mesmo no quarto de Benny, que não tinha acendido uma única luz. Por cima da cidade, um relâmpago vazou, sem galhos e pouco menos reto que uma espada, seguido quase imediatamente por um golpe seco que teve algo de triunfante: finalmente acertou. Benny levantou os cotovelos — acabou batendo a cabeça na parede atrás da cama. Das profundezas da cidade, sinos de alarme e sirenes soaram em todos os tipos de tonalidades, aparentemente acionados pelos violentos tremores.

    E ainda assim não foi suficiente. No estrondo seguinte, luz e som coincidiram de vez. O relâmpago *era* o crepitar. O trovão *era* a explosão de luz. Esse vórtice desordenado de luz e som absorveu a luz e o som da cidade — sem devolvê-los. As dezenas de milhares de luzes estavam apagadas, os sistemas de alarme estavam silenciosos. Quando a porta do quarto de hotel se abriu com enorme força, como se o rapaz não a tivesse fechado corretamente, não havia uma única lâmpada acesa no corredor.

    Sobreveio-lhe aquele momento de silêncio indivisível entre o barulho do alarme cortante e o martelar da chuva. Ele sentiu o corpo dela disparar por seus braços como um grande peixe se debatendo, mas ardente, tão quente e efêmero que virou lembrança no momento em que aconteceu. A sugestão da presença de Gini, embora infinitamente breve, foi tão forte que Benny pensou ter visto seu rosto se iluminar acima dela por um momento (ou foi um relâmpago após o relâmpago?). Tudo o que eles tinham tentado dilatar ao máximo possível durante o abraço anterior — carícias, cheiros, sabores, o fio ardente sendo puxado de sua espinha dorsal... — desta vez ocorreu naquele momento único e indivisível. O início do ato coincidiu com o próprio final.

"Benny..."
Sua voz já era um eco no momento de falar.
"Benny, eu não estava com você. Desculpe."

Sua satisfação foi total. Havia apenas o orgasmo, um orgasmo que continha tudo o que deveria levar a um clímax, cada movimento preparatório, tudo, tudo. Benny sentiu a pressão do corpo dela em todos os lugares — em seu estômago, em cada membro —, *como se ela ainda estivesse lá*, mas quando quis abraçá-la, seus braços envolveram a si mesmo. Pensou que ela devia estar em algum lugar do quarto escuro, e a chamou.
"Gini...! Gini, você está aí? Cadê você? Gini...?"
Em resposta, a chuva começou a cair firme e forte. Será que tudo tinha sido uma visão muito sugestiva, criada pelo desejo e pelo medo? Pôs a mão na barriga. Seu sexo ainda estava pegajoso, como da primeira vez: pegajoso *dela*. Ele tateou ao seu redor, em um raio cada vez maior, mas não conseguiu encontrar nenhum vestígio de seu sêmen em lugar algum, nem em seu estômago, nem em seu roupão de banho, nem na colcha. Ela devia ter levado consigo.
Mas para onde?

Dessa vez não houve muito tempo para saques, pois as luzes voltaram a se acender enquanto a tempestade continuava a rugir, em sua pior fúria, como se domada pela chuva. Sirenes de carros de polícia e ambulâncias, possivelmente também do corpo de bombeiros, tomaram conta do clamor dos alarmes.

Benny procurou vestígios de Gini sob a luz do banheiro. O lodo dela, quase seco, deixou flocos brilhantes nele. Benny decidiu não se lavar. Como se tivesse que mostrar a alguém a prova daquele breve encontro com ela... Ela passou por *ele*, e inflamou, o fez incendiar, a ferro e fogo, isso era tudo. E ainda assim era tudo. Tinha sido um sonho, não, era realidade. Surgiu-lhe uma horrível suspeita, que nem sequer ousou expressar interiormente. Alguém tinha que fazer isso, com ele como ouvinte...

Benny decidiu não desistir de seu quarto, embora soubesse que não precisava mais dele. Houve um grande caos no *lobby* do hotel. Ele perguntou ao porteiro:

"Pouco antes de começar a chover, o senhor viu uma moça entrar?"

"Várias... Um grupo de três, aliás. Irmãs."

"Uma loira, com cabelo esvoaçante?"

"Também."

"Ela falou o nome?"

"Sim, mas não o que o senhor especificou. Ela mora aqui com os pais. No terceiro andar."

"O senhor não viu nada na tela? Uma mulher no décimo quinto...?"

"Não antes de a eletricidade acabar. E depois que a luz voltou, também não... Não sei o que aconteceu nesse meio-tempo. Aqui virou um caos. Pela segunda vez em dois meses... o senhor acha que isso é civilização?"

Vindas da rua, as sirenes da polícia penetravam pelo corredor.

"Se ela vier, o senhor pode pedir a ela que espere no meu quarto? Ou no *lobby*?"

"Claro, senhor. Não se preocupe."

Uma vitrine de uma loja de roupas havia sido quebrada do outro lado da rua. Roupas chiques jaziam encharcadas na sarjeta, feito trapos, tampando a grade do bueiro. A chuva continuava a cair, traçada ao longo da mesma régua dos prédios altos da rua. Trovões e relâmpagos se distanciaram, se separaram, não se procuraram mais.

Benny Wult esperou por um momento sob a cobertura de lona do hotel, ao lado de um funcionário uniformizado que abriu um guarda-chuva para salvar da água um hóspede saindo de um táxi. Benny estava a poucos passos da calçada e entrou no táxi. A sensação nunca antes vista da chuva batendo... As gotas penetraram em suas roupas e pele e só pararam quando ele se sentou. O orgasmo, que o deixou completamente exausto e relaxado, formigava nele, e poderia ter sido um formigamento agradável se não fosse a inquietação já existente: o desejo de repetição.

Mil baquetas tamborilavam no teto do táxi.

"Diga para onde."

Benny descreveu a rua e indicou a localização de onde precisava estar.

"Não volto mais lá. É perigoso demais. Da última vez..."

"Então me deixe no cruzamento com a avenida."

Ele também achava a chuva um fenômeno mítico. A cidade desapareceria como um castelo de areia? A imagem da rua entrava no carro por todas as janelas em forma líquida. Ao longo das fachadas, a luz colorida fluía em córregos de montanhas irregulares.

Não havia mais vapor escapando das tampas dos bueiros. A água da chuva passava por baixo dos carros estacionados, fazendo barulho entre as rodas e o meio-fio. A casinha de papelão do cego tinha minguado até virar mingau marrom na sarjeta, onde a garrafa marrom do boticário também flutuava. Tudo o que restou do relâmpago foi um lampejo, alto entre as torres. O trovão respondeu com tanto atraso que nem dava mais para esperá-lo.

Acabou encontrando Scant a alguns quarteirões de distância, n'O Elefante, o lugar onde Benny, em outra época, o tinha visto pela primeira vez.

"Olá, senhor Wult, meu fiel companheiro. Sinto seu cheiro encharcado até o talo. A chuva fede."

Ele estava meio bêbado. Benny sentou-se na banqueta ao lado dele e pediu uma água mineral.

"Mas o senhor cheira a outra coisa... Amor, eu diria."

"Fico surpreso com esse comentário, pois vem de alguém que se esforça tanto para me manter trabalhando com sexo. Esse cheiro deveria ser natural..."

Ele riu.

"Ossos do ofício, se o senhor tivesse se lavado. Já que não é assim, sobram minhas palavras. Chuva e sexo, esse é o cheiro de um gato encharcado quando chega em casa. E então... entre milhares de pessoas, eu não reconheceria o cheiro da minha assassina? Conte. Encontrou ela?"

"Sim e não. Não sei. Se... era ela..."

"Não diga mais nada. Eu sabia desde o início. Não duvide de seu amor por ela, confie em mim. Mas esse assassinato — e como vítima acho que tenho algum direito de falar —, esse assassinato, ela não cometeu de coração. Eu senti. Eu cheirei. Ela fez exatamente como o senhor ordenou, mas só isso. Perante o júri, o tribunal, ela também foi cúmplice, e isso a levou à cadeira elétrica. Concordo. Mas há outro tipo de justiça que a salvou deste... deste Inferno. Aparentemente, ela era boa demais para estar aqui. Exatamente o que eu digo. A senhorita Gini foi autorizada a repetir sua vida, como ela tanto desejava, mas então — e essa não era a intenção — condensou-se na faísca que parece ter deixado, nessa sua deploravelmente longa e cansativa vida, uma queimadura. Sim, admita honestamente: o senhor ficou com a ponta carbonizada do fósforo na mão, enquanto ela, há muito tempo, escapou feito um filete de fumaça. Está com uma bolha ardente, senhor Wult? Vai passar."

"Ela lá... eu aqui... e entre esses dois mundos, fora do alcance dos dois, nosso filho."

"As coisas são assim, infelizmente."

"Mas então Deus a *puniu* com o Céu."

"Ah, Deus... O melhor que dá para dizer de Deus é que ele ainda não se transformou em sua própria estátua. Ainda não. Mas ele já anda em um pedestal, se é que me entende. Um pedestal agarrado às suas solas, feito um soldado de chumbo. Não venha com essa de Deus, por favor."

O rosto pálido do cego esboçou um belo sorriso, do qual os olhos mortos não participavam. Ainda assim, ele parecia estar olhando diretamente para Benny.

"O senhor sabia disso o tempo todo, não é? Previu isso."

"Oh..."

"Pior ainda. O senhor nos atraiu para fazer isso. Nos seduziu. Aquele ventilador foi coisa sua. Não negue. Quis ser morto... por mim, não por ela... para nos separar. Por ódio."

"Ah, tá. Amanhã é outro dia, pense nisso. O senhor tem a senhora Rorqual, com sua piscina erótica, não é?"

Amanhã seria outro dia, de fato. E outro depois de amanhã. E assim *ad infinitum*. Repetição. Tédio. A repetição *era* o suplício de Tântalo.

Benny Wult agarrou o cego pela lapela, mas foi chamado à ordem pelo *barman*.

"Podem lutar. Mas não vamos incomodar os inválidos. Tudo bem?"

O sorriso doentio, que ficava apenas na boca e não era replicado pelos olhos, permaneceu em seu rosto.

"Está reclamando do quê, senhor Wult? Olhe para mim. Eu já estou velho. O senhor acabou de chegar. Tem toda a sua vida pela frente. Amanhã é outro dia."

Posfácio

Daniel Dago

Adrianus Franciscus Theodorus van der Heijden, ou simplesmente A. F. Th. van der Heijden (1951), é tido como um dos grandes romancistas holandeses das últimas décadas, embora seja pouco conhecido fora de seu país. Esse desconhecimento tem um motivo, como se verá a seguir.

Van der Heijden iniciou na literatura com um livro de contos, *Een gondel in de Herengracht* (Uma gôndola no canal Heren, 1978), escrito sob o pseudônimo de Patrizio Canaponi.

Alguns anos depois de sua estreia, o autor publica sob o nome verdadeiro sua principal obra, *De tandeloze tijd* (A era sem dentes). Iniciada em 1983, essa saga semiautobiográfica fala sobre as décadas social e politicamente turbulentas da Holanda, os anos 1970 e 1980. Devido a sua extensão — em 2021 saiu o décimo tomo, e há mais por vir; o menor volume tem 470 páginas, e o maior, 1408 páginas —, a saga tem tradução, não por acaso, apenas na Alemanha, já que este é o país que mais publica títulos holandeses fora do país. Dois volumes da saga foram adaptados aos cinemas, *Advocaat van de hanen* (Advogado dos *punks*, 1990) e *De helleveeg* (A endiabrada, 2013).

Outra saga é *Homo Duplex* (2003), sobre tragédias gregas com ambientação nos dias de hoje.

No intervalo das sagas, Van der Heijden publica livros independentes, em geral, também calhamaços. Até agora, o autor escreveu mais de quarenta obras.

Justamente por ser pequeno e independente de sagas, *A vida em um dia* (1988) é o livro mais traduzido de Van der Heijden, saiu na Alemanha, Bulgária, Espanha, Suécia, Finlândia. Ele ganhou adaptação cinematográfica em 2009 e adaptação teatral em 2014. O capítulo "O assento ejetável" foi originalmente publicado como um texto *in statu nascendi*, como o próprio autor se refere a ele, sem título, na antologia editada pela Mill Hillcollege te Goirle, em 11 de março de 1988.

Se *A era sem dentes* é considerado um grande retrato da realidade holandesa, em especial de Amsterdã, *A vida em um dia* destoa totalmente do resto da obra de Van der Heijden por seu tom de fábula. O livro é, e ao mesmo tempo não é, uma introdução à obra de Van der Heijden. Mesmo assim, o volume é tido como um clássico contemporâneo e muitas vezes é leitura obrigatória em escolas holandesas.

Em 2010, Van der Heijden passou por uma grande tragédia pessoal: seu único filho, Tonio, de 21 anos, morreu atropelado enquanto andava de bicicleta em Amsterdã. O escritor transformou sua dor no livro *Tonio* (2011), em que disseca o luto numa autoficção à maneira de Karl Ove Knausgård. Para o leitor brasileiro ter uma ideia da popularidade de Van der Heijden em seu país, *paparazzis* ficaram à espreita no enterro de seu filho (fato descrito no livro, inclusive). *Tonio* viria a ser sua segunda obra mais traduzida no mundo — saiu na Austrália, Alemanha, China —, embora seja um calhamaço de quase setecentas páginas. Sua adaptação cinematográfica concorreu ao Oscar de melhor filme estrangeiro em 2017. A potência de *Tonio* é tão grande que em Flandres, região belga de expressão holandesa, um juiz deu como sentença a um motorista que cometeu excesso de velocidade a leitura do livro, assim ele saberia o que é a dor de perder um ente querido se tivesse atropelado alguém.

Van der Heijden ganhou dezenas de prêmios durante sua longa carreira, inclusive os dois mais importantes da Holanda, Prêmio Constantijn Huygens e Prêmio P. C. Hooft, ambos pelo conjunto da obra.

Fonte:
Georgia
Papel:
Cartão LD 250g/m2 e pólen Soft LD 80g/m2
da Suzano Papel e Celulose